Das große Wilhelm Busch Album

Das große Wilhelm Busch Album

tosa

Herstellung: Der Graph, Wien
Umschlag von Joseph Koó

Printed in Slovenija

Inhaltsverzeichnis

Vorwort

Am 15. April 1832 kam Wilhelm Busch in Wiedenthal in der Nähe von Hannover auf die Welt. Er war das älteste von sieben Kindern; sein Vater war Kaufmann. Mit neun Jahren kam Wilhelm zu seinem Onkel, dem Pastor Georg Kleine, nach Ebergötzen bei Göttingen, der ihn unterrichtete. Busch sollte Maschinenbauer werden und besuchte zunächst von 1847 bis 1851 die polytechnische Schule in Hannover.

Doch seine Liebe zur Malerei und sein Zeichentalent waren stärker. Als Wilhelm Busch 19 Jahre alt war, folgte er daher einem Freund nach Düsseldorf an die Kunstakademie und ein Jahr später nach Antwerpen. Dort ließ er sich in die Königliche Akademie der schönen Künste aufnehmen und von den großen niederländischen Meistern des 16. und 17. Jahrhunderts faszinieren: Rembrandt, Rubens, Frans Hals, Teniers … Angesichts solcher Vorbilder hätte er es zwar nie „recht gewagt, mein Brot mit Malen zu verdienen“, doch seine Liebe zu ihnen blieb sein Leben lang bestehen.

Nach einer Typhuserkrankung im Jahr darauf, die er bei seinen Eltern kurierte, zog der nun 22-jährige 1854 nach München. Da er sich keiner der damals modischen Strömungen anschloss, saß er bald auf dem Trockenen. Er pendelte einige Zeit zwischen Elternhaus und Onkel einerseits und München andererseits hin und her und wurde schließlich 1859 Mitarbeiter der „Fliegenden Blätter“, einer humoristischen Zeitschrift, die in München erschien. Bis 1870 erschienen hier zahlreiche Zeichnungen mit und ohne Text sowie Gedichte – wie die „Lumpenlieder“ – in der gleichen Zeit zeichnete Busch 50 Münchener Bilderbogen.

In dieser Zeit erschien aber auch in München 1865 im Verlag Braun und Schneider eine gereimte Bildergeschichte, an die wohl jeder denkt, der den Namen „Wilhelm Busch“ hört: Max und Moritz. Nun folgten bald alle die Bildergeschichten, die in diesem Buch versammelt sind: Hans Huckebein der Unglücksrabe, Die Fromme Helene, Herr und Frau Knopp, Fipps der Affe, Plisch und Plum, Maler Klecksel und wie sie alle heißen.

Wilhelm Busch war nie verheiratet; er starb am 9. 1. 1908 in Mechtshausen am Harz, wo er seit 1899 recht zurückgezogen lebte.

Nur eines erschien mir oft recht verdrießlich:
Besah ich was genau, so fand ich schließlich,
Daß hinter jedem Dinge höchst verschmitzt
Im Dunkel erst das wahre Leben sitzt.

1907

Max und Moritz

Eine Bubengeschichte in sieben Streichen

-1865-

Ach, was muss man oft von bösen
Kindern hören oder lesen!!
Wie zum Beispiel hier von diesen,
Welche Max und Moritz hießen;

Die, anstatt durch weise Lehren
Sich zum Guten zu bekehren,
Oftmals noch darüber lachten
Und sich heimlich lustig machten. –
– Ja, zur Übeltätigkeit,
Ja, dazu ist man bereit! –
– Menschen necken, Tiere quälen,
Äpfel, Birnen, Zwetschen stehlen –
Das ist freilich angenehmer
Und dazu auch viel bequemer,
Als in Kirche oder Schule
Festzusitzen auf dem Stuhle. –
– Aber wehe, wehe, wehe!
Wenn ich auf das Ende sehe!! –
– Ach, das war ein schlimmes Ding,
Wie es Max und Moritz ging.
– Drum ist hier, was sie getrieben,
Abgemalt und aufgeschrieben.

ERSTER STREICH

Mancher gibt sich viele Müh'
Mit dem lieben Federvieh;
Einesteils der Eier wegen,
Welche diese Vögel legen,
Zweitens: weil man dann und wann
Einen Braten essen kann;
Drittens aber nimmt man auch
Ihre Federn zum Gebrauch
In die Kissen und die Pfühle,
Denn man liegt nicht gerne kühle. –

Seht, da ist die Witwe Bolte,
Die das auch nicht gerne wollte.

Ihrer Hühner waren drei
Und ein stolzer Hahn dabei. –

Max und Moritz dachten nun:
Was ist hier jetzt wohl zu tun? –
– Ganz geschwinde, eins, zwei, drei,
Schneiden sie sich Brot entzwei,

In vier Teile, jedes Stück
Wie ein kleiner Finger dick.
Diese binden sie an Fäden,
Übers Kreuz, ein Stück an jeden,
Und verlegen sie genau
In den Hof der guten Frau. –
Kaum hat dies der Hahn gesehen,
Fängt er auch schon an zu krähen:

Kikeriki! Kikikerikih!! –
Tak, tak, tak! – da kommen sie.

Hahn und Hühner schlucken munter
Jedes ein Stück Brot hinunter;

Aber als sie sich besinnen,
Konnte keines recht von hinnen.

In die Kreuz und in die Quer
Reißen sie sich hin und her,

Flattern auf und in die Höh',
Ach herrje, herrjemine!

Ach, sie bleiben an dem langen,
Dürren Ast des Baumes hangen. –
– Und ihr Hals wird lang und länger,
Ihr Gesang wird bang und bänger;

Jedes legt noch schnell ein Ei,
Und dann kommt der Tod herbei. –

Witwe Bolte in der Kammer
Hört im Bette diesen Jammer;

Ahnungsvoll tritt sie heraus:
Ach, was war das für ein Graus!

„Fließet aus dem Aug', ihr Tränen!
All mein Hoffen, all mein Sehnen,
Meines Lebens schönster Traum
Hängt an diesem Apfelbaum!!"

Tiefbetrübt und sorgenschwer
Kriegt sie jetzt das Messer her;
Nimmt die Toten von den Strängen,
Dass sie so nicht länger hängen,

Und mit stummem Trauerblick
Kehrt sie in das Haus zurück. –

Dieses war der erste Streich,
Doch der zweite folgt sogleich.

ZWEITER STREICH

Als die gute Witwe Bolte
Sich von ihrem Schmerz erholte,
Dachte sie so hin und her,
Dass es wohl das beste wär',
Die Verstorb'nen, die hienieden
Schon so frühe abgeschieden,
Ganz im Stillen und in Ehren
Gut gebraten zu verzehren. –
– Freilich war die Trauer groß,
Als sie nun so nackt und bloß
Abgerupft am Herde lagen,
Sie, die einst in schönen Tagen
Bald im Hofe, bald im Garten
Lebensfroh im Sande scharrten. –

Ach, Frau Bolte weint aufs Neu,
Und der Spitz steht auch dabei. –
Max und Moritz rochen dieses;
„Schnell aufs Dach gekrochen!", hieß es.

Durch den Schornstein mit Vergnügen
Sehen sie die Hühner liegen,

Die schon ohne Kopf und Gurgeln
Lieblich in der Pfanne schmurgeln. –

Eben geht mit einem Teller
Witwe Bolte in den Keller,

Dass sie von dem Sauerkohle
Eine Portion sich hole,
Wofür sie besonders schwärmt,
Wenn er wieder aufgewärmt. –

– Unterdessen auf dem Dache
Ist man tätig bei der Sache.
Max hat schon mit Vorbedacht
Eine Angel mitgebracht. –
Schnupdiwup!, da wird nach oben
Schon ein Huhn heraufgehoben.
Schnupdiwup!, jetzt Numro zwei;
Schnupdiwup!, jetzt Numro drei;

Und jetzt kommt noch Numro vier:
Schnupdiwup!, dich haben wir!! –
Zwar der Spitz sah es genau,
Und er bellt: Rawau! Rawau!

Aber schon sind sie ganz munter
Fort und von dem Dach herunter. –
– Na! Das wird Spektakel geben,
Denn Frau Bolte kommt soeben;

Angewurzelt stand sie da,
Als sie nach der Pfanne sah.

Hühner waren fort –
„Spitz!!“ – das war ihr erstes Wort. –

„Oh, du Spitz, du Ungetüm!!
Aber wart!, ich komme ihm!!!“
Mit dem Löffel, groß und schwer,
Geht es über Spitzen her;

Laut ertönt sein Wehgeschrei,
Denn er fühlt sich schuldenfrei. –

– Max und Moritz im Verstecke
Schnarchen aber an der Hecke
Und vom ganzen Hühnerschmaus
Guckt nur noch ein Bein heraus.

Dieses war der zweite Streich,
Doch der dritte folgt sogleich.

DRITTER STREICH

Jedermann im Dorfe kannte
Einen, der sich Böck benannte. –

– Alltagsröcke, Sonntagsröcke,
Lange Hosen, spitze Fräcke,
Westen mit bequemen Taschen,
Warme Mäntel und Gamaschen –
Alle diese Kleidungssachen
Wusste Schneider Böck zu machen. –
Oder wäre was zu flicken,
Abzuschneiden, anzustücken,
Oder gar ein Knopf der Hose
Abgerissen oder lose –
Wie und wo und was es sei,
Hinten, vorne, einerlei –
Alles macht der Meister Böck,
Denn das ist sein Lebenszweck. –
– Drum so hat in der Gemeinde
Jedermann ihn gern zum Freunde. –
– Aber Max und Moritz dachten,
Wie sie ihn verdrießlich machten. –

Nämlich vor des Meisters Hause
Floss ein Wasser mit Gebrause.

Übers Wasser führt ein Steg
Und darüber geht der Weg. –

Max und Moritz, gar nicht träge,
Sägen heimlich mit der Säge,
Ritzeratze!, voller Tücke,
In die Brücke eine Lücke. –

Als nun diese Tat vorbei,
Hört man plötzlich ein Geschrei:

„He, heraus!, du Ziegen-Böck!
Schneider, Schneider, meck, meck, meck!!" –
– Alles konnte Böck ertragen,
Ohne nur ein Wort zu sagen;
Aber wenn er dies erfuhr,
Ging's ihm wider die Natur.

Schnelle springt er mit der Elle
Über seines Hauses Schwelle,
Denn schon wieder ihm zum Schreck
Tönt ein lautes: „Meck, meck, meck!!"

Und schon ist er auf der Brücke,
Kracks!, die Brücke bricht in Stücke;

Wieder tönt es: „Meck, meck, meck!“
Plumps! Da ist der Schneider weg!

Grad als dieses vorgekommen,
Kommt ein Gänsepaar geschwommen,
Welches Böck in Todeshast
Krampfhaft bei den Beinen fasst.

Beide Gänse in der Hand,
Flattert er auf trocknes Land. –

Übrigens bei alledem
Ist so etwas nicht bequem;

Wie denn Böck von der Geschichte
Auch das Magendrücken kriegte.

Hoch ist hier Frau Böck zu preisen!
Denn ein heißes Bügeleisen,

Auf den kalten Leib gebracht,
Hat es wiedergutgemacht. –
– Bald im Dorf hinauf, hinunter,
Hieß es: Böck ist wieder munter!!

Dieses war der dritte Streich,
Doch der vierte folgt sogleich.

VIERTER STREICH

Also lautet ein Beschluss:
Dass der Mensch was lernen muss. –
– Nicht allein das ABC
Bringt den Menschen in die Höh';
Nicht allein im Schreiben, Lesen
Übt sich ein vernünftig Wesen;
Nicht allein in Rechnungssachen
Soll der Mensch sich Mühe machen;
Sondern auch der Weisheit Lehren
Muss man mit Vergnügen hören. –

Dass dies mit Verstand geschah,
War Herr Lehrer Lämpel da. –

– Max und Moritz, diese beiden,
Mochten ihn darum nicht leiden;
Denn wer böse Streiche macht,
Gibt nicht auf den Lehrer Acht. –

Nun war dieser brave Lehrer
Von dem Tobak ein Verehrer,
Was man ohne alle Frage
Nach des Tages Müh und Plage
Einem guten, alten Mann
Auch von Herzen gönnen kann. –

– Max und Moritz, unverdrossen,
Sinnen aber schon auf Possen,
Ob vermittels seiner Pfeifen
Dieser Mann nicht anzugreifen. –

– Einstens, als es Sonntag wieder
Und Herr Lämpel brav und bieder
In der Kirche mit Gefühle
Saß vor seinem Orgelspiele,

Schlichen sich die bösen Buben
In sein Haus und seine Stuben,
Wo die Meerschaumpfeife stand;
Max hält sie in seiner Hand;

Aber Moritz aus der Tasche
Zieht die Flintenpulverflasche,
Und geschwinde, stopf, stopf, stopf!
Pulver in den Pfeifenkopf. –
Jetzt nur still und schnell nach Haus,
Denn schon ist die Kirche aus. –

– Eben schließt in sanfter Ruh'
Lämpel seine Kirche zu;
Und mit Buch und Notenheften,
Nach besorgten Amtsgeschäften,

Lenkt er freudig seine Schritte
Zu der heimatlichen Hütte,

Und voll Dankbarkeit sodann,
Zündet er sein Pfeifchen an.

„Ach!" – spricht er – „die größte Freud'
Ist doch die Zufriedenheit!!" –

Rums!! – Da geht die Pfeife los
Mit Getöse, schrecklich groß.
Kaffeetopf und Wasserglas,

Tobaksdose, Tintenfass,
Ofen, Tisch und Sorgensitz –
Alles fliegt im Pulverblitz. –

Als der Dampf sich nun erhob,
Sieht man Lämpel, der – gottlob! -
Lebend auf dem Rücken liegt;
Doch er hat was abgekriegt.

Nase, Hand, Gesicht und Ohren
Sind so schwarz als wie die Mohren,
Und des Haares letzter Schopf
Ist verbrannt bis auf den Kopf. –

Wer soll nun die Kinder lehren
Und die Wissenschaft vermehren?
Wer soll nun für Lämpel leiten
Seine Amtestätigkeiten?
Woraus soll der Lehrer rauchen,
Wenn die Pfeife nicht zu brauchen??

Mit der Zeit wird alles heil,
Nur die Pfeife hat ihr Teil.

Dieses war der vierte Streich,
Doch der fünfte folgt sogleich.

FÜNFTER STREICH

Wer im Dorfe oder Stadt
Einen Onkel wohnen hat,
Der sei höflich und bescheiden,
Denn das mag der Onkel leiden. –
Morgens sagt man: „Guten Morgen!
Haben Sie was zu besorgen?"
Bringt ihm, was er haben muss:
Zeitung, Pfeife, Fidibus. –
Oder sollt' es wo im Rücken
Drücken, beißen oder zwicken,
Gleich ist man mit Freudigkeit
Dienstbeflissen und bereit. –

Oder sei's nach einer Prise,
Dass der Onkel heftig niese,
Ruft man: „Prosit!" allsogleich,
„Danke, wohl bekomm' es Euch!" –
Oder kommt er spät nach Haus,
Zieht man ihm die Stiefel aus,
Holt Pantoffel, Schlafrock, Mütze,
Dass er nicht im Kalten sitze, –
Kurz, man ist darauf bedacht,
Was dem Onkel Freude macht. –

– Max und Moritz ihrerseits
Fanden darin keinen Reiz. –
– Denkt euch nur, welch' schlechten Witz
Machten sie mit Onkel Fritz! –

Jeder weiß, was so ein Mai-
Käfer für ein Vogel sei.
In den Bäumen hin und her
Fliegt und kriecht und krabbelt er.

Max und Moritz, immer munter,
Schütteln sie vom Baum herunter.

In die Tüte von Papiere
Sperren sie die Krabbeltiere. –

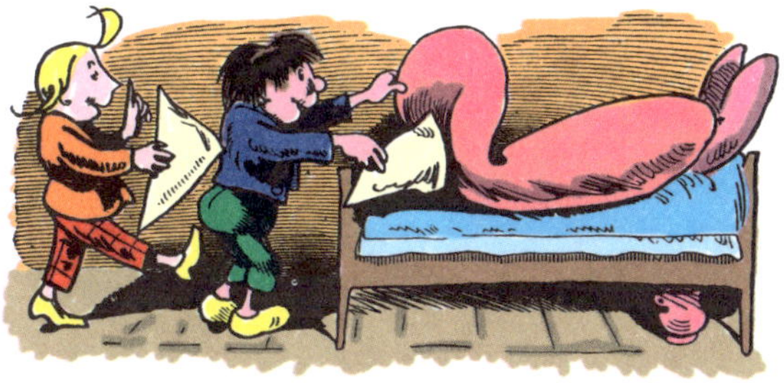

Fort damit, und in die Ecke
Unter Onkel Fritzens Decke!!

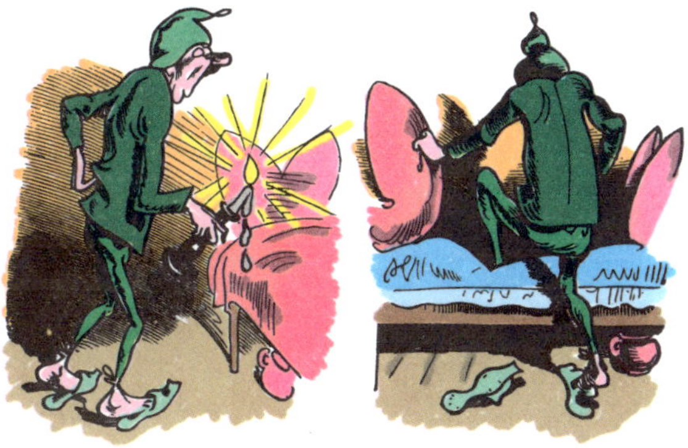

Bald zu Bett geht Onkel Fritze
In der spitzen Zippelmütze;

Seine Augen macht er zu,
Hüllt sich ein und schläft in Ruh.

Doch die Käfer, kritze, kratze!
Kommen schnell aus der Matratze.

Schon fasst einer, der voran,
Onkel Fritzens Nase an.

„Bau!!“, schreit er – „Was ist das hier?!!“
Und erfasst das Ungetier.

Und den Onkel, voller Grausen,
Sieht man aus dem Bette sausen.

„Autsch!!“ – Schon wieder hat er einen
Im Genicke, an den Beinen;

Hin und her und rund herum
Kriecht es, fliegt es mit Gebrumm.

Onkel Fritz, in dieser Not,
Haut und trampelt alles tot.

Guckste wohl! Jetzt ist’s vorbei
Mit der Käferkrabbelei!!

Onkel Fritz hat wieder Ruh'
Und macht seine Augen zu.

Dieses war der fünfte Streich,
Doch der sechste folgt sogleich.

SECHSTER STREICH

In der schönen Osterzeit,
Wenn die frommen Bäckersleut'
Viele süße Zuckersachen
Backen und zurechte machen,
Wünschten Max und Moritz auch
Sich so etwas zum Gebrauch. –

Doch der Bäcker, mit Bedacht,
Hat das Backhaus zugemacht.

Also, will hier einer stehlen,
Muss er durch den Schlot sich quälen. –

Ratsch!! – Da kommen die zwei Knaben
Durch den Schornstein, schwarz wie Raben.

Puff! – Sie fallen in die Kist',
Wo das Mehl darinnen ist.

Da! Nun sind sie alle beide
Rund herum so weiß wie Kreide.

Aber schon mit viel Vergnügen
Sehen sie die Brezeln liegen.

Knacks!! – Da bricht der Stuhl entzwei.

Schwapp!! – Da liegen sie im Brei.

Ganz von Kuchenteig umhüllt
Stehn sie da als Jammerbild. –

Gleich erscheint der Meister Bäcker
Und bemerkt die Zuckerlecker.

Eins, zwei, drei! – eh' man's gedacht,
Sind zwei Brote draus gemacht.

In dem Ofen glüht es noch –
Ruff!! – damit ins Ofenloch!

Ruff!! Man zieht sie aus der Glut;
Denn nun sind sie braun und gut. –

Jeder denkt: „Die sind perdü!"
Aber nein! – noch leben sie! –

Knusper knasper! – Wie zwei Mäuse
Fressen sie durch das Gehäuse;

Und der Meister Bäcker schrie:
„Ach herrje!, da laufen sie!!" –

Dieses war der sechste Streich,
Doch der letzte folgt sogleich.

LETZTER STREICH

Max und Moritz, wehe euch!
Jetzt kommt euer letzter Streich! –

Wozu müssen auch die beiden
Löcher in die Säcke schneiden?? –

– Seht, da trägt der Bauer Mecke
Einen seiner Maltersäcke. –

Aber kaum, dass er von hinnen,
Fängt das Korn schon an zu rinnen.

Und verwundert steht und spricht er:
„Zapperment! Dat Ding werd lichter!“

Hei! Da sieht er voller Freude
Max und Moritz im Getreide.

Rabs!! – In seinen großen Sack
Schaufelt er das Lumpenpack.

Max und Moritz wird es schwüle,
Denn nun geht es nach der Mühle. –

„Meister Müller, he, heran!
Mahl er das, so schnell er kann!“

„Her damit!!“ Und in den Trichter
Schüttelt er die Bösewichter. –

Rickeracke! Rickeracke!
Geht die Mühle mit Geknacke.

Hier kann man sie noch erblicken
Fein geschroten und in Stücken.

Doch sogleich verzehret sie
Meister Müllers Federvieh.

SCHLUSS

Als man dies im Dorf erfuhr,
War von Trauer keine Spur.
Witwe Bolte, mild und weich,
Sprach: „Sieh da, ich dacht' es gleich!"
„Ja, ja, ja!", rief Meister Böck,
„Bosheit ist kein Lebenszweck!"
Drauf, so sprach Herr Lehrer Lämpel:
„Dies ist wieder ein Exempel!"
„Freilich!", meint der Zuckerbäcker,
„Warum ist der Mensch so lecker?!"
Selbst der gute Onkel Fritze
Sprach: „Das kommt von dumme Witze!"
Doch der brave Bauersmann
Dachte: „Wat geiht meck dat an?!"
Kurz, im ganzen Ort herum
Ging ein freudiges Gebrumm:
„Gott sei Dank! Nun ist's vorbei
Mit der Übeltäterei!!"

Hans Huckebein

-1867-

Hier sieht man Fritz, den muntern Knaben,
Nebst Huckebein, dem jungen Raben.

Und dieser Fritz, wie alle Knaben,
Will einen Raben gerne haben.

Schon rutscht er auf dem Ast daher,
Der Vogel, der misstraut ihm sehr.

Schlapp!, macht der Fritz von seiner Kappe
Mit Listen eine Vogelklappe.

Beinahe hätt' er ihn! – Doch ach!
Der Ast zerbricht mit einem Krach.

In schwarzen Beeren sitzt der Fritze,
Der schwarze Vogel in der Mütze.

Der Knabe Fritz ist schwarz betupft;
Der Rabe ist in Angst und hupft.

Der schwarze Vogel ist gefangen,
Er bleibt im Unterfutter hangen.

„Jetzt hab' ich dich, Hans Huckebein,
Wie wird sich Tante Lotte freun!"

Die Tante kommt aus ihrer Tür;
„Ei!", spricht sie, „welch ein gutes Tier!"

Kaum ist das Wort dem Mund entflohn,
Schnapp! – hat er ihren Finger schon.

„Ach!", ruft sie, „er ist doch nicht gut!
Weil er mir was zu Leide tut!!"

Hier lauert in des Topfes Höhle
Hans Huckebein, die schwarze Seele.

Den Knochen, den der Spitz gestohlen,
Will dieser jetzt sich wiederholen.

So ziehn mit Knurren und Gekrächz
Der eine links, der andre rechts.

Schon denkt der Spitz, dass er gewinnt,
Da zwickt der Rabe ihn von hint'.

O weh! Er springt auf Spitzen's Nacken,
Um ihm die Haare auszuzwacken.

Der Spitz, der ärgert sich bereits
Und rupft den Raben seinerseits.

Derweil springt mit dem Schinkenbein
Der Kater in den Topf hinein.

Da sitzen sie und schaun und schaun. –
Dem Kater ist nicht sehr zu traun.

Der Kater hakt den Spitz, der schreit,
Der Rabe ist voll Freudigkeit.

Schnell fasst er, weil der Topf nicht ganz,
Mit schlauer List den Katerschwanz.

Es rollt der Topf. Es krümmt voll Quale
Des Katers Schweif sich zur Spirale.

Und Spitz und Kater fliehn im Lauf. –
Der größte Lump bleibt obenauf!! –

Nichts Schönres gab's für Tante Lotte
Als schwarze Heidelbeerkompotte.

Doch Huckebein verschleudert nur
Die schöne Gabe der Natur.

Die Tante naht voll Zorn und Schrecken;
Hans Huckebein verlässt das Becken.

Und schnell betritt er, angstbeflügelt,
Die Wäsche, welche frisch gebügelt.

O weh! Er kommt ins Tellerbord;
Die Teller rollen rasselnd fort.

Auch fällt der Korb, worin die Eier –
Ojemine! – und sind so teuer!

Patsch!, fällt der Krug. Das gute Bier
Ergießt sich in die Stiefel hier.

Und auf der Tante linken Fuß
Stürzt sich des Eimers Wasserguss.

Sie hält die Gabel in der Hand
Und auch der Fritz kommt angerannt.

Perdums! Da liegen sie. – Dem Fritze
Dringt durch das Ohr die Gabelspitze.

Dies wird des Raben Ende sein –
So denkt man wohl – doch leider nein!

Denn – schnupp! – der Tante Nase fasst er;
Und nochmals triumphiert das Laster!

Jetzt aber naht sich das Malheur,
Denn dies Getränke ist Likör.

Es duftet süß. – Hans Huckebein
Taucht seinen Schnabel froh hinein.

Und lässt mit stillvergnügtem Sinnen
Den ersten Schluck hinunterrinnen.

Nicht übel! Und er taucht schon wieder
Den Schnabel in die Tiefe nieder.

Er hebt das Glas und schlürft den Rest,
Weil er nicht gern was übrig lässt.

Ei, ei! Ihm wird so wunderlich,
So leicht und doch absunderlich.

Er krächzt mit freudigem Getön
Und muss auf einem Beine stehn.

Der Vogel, welcher sonsten fleucht,
Wird hier zu einem Tier, was kreucht.

Und Übermut kommt zum Beschluss,
Der alles ruinieren muss.

Er zerrt voll roher Lust und Tücke
Der Tante künstliches Gestricke.

Der Tisch ist glatt – der Böse taumelt –
Das Ende naht – sieh da! Er baumelt.

„Die Bosheit war sein Hauptpläsier,
Drum“, spricht die Tante, „hängt er hier!“

Die kühne Müllerstochter

-1868-

Es heult der Sturm, die Nacht ist graus,
Die Lampe schimmert im Müllerhaus.

Da schleichen drei Räuber wild und stumm –
Husch, husch! pist, pist! – ums Haus herum.

Die Müllerstochter spinnt allein,
Drei Räuber schaun zum Fenster herein.

Der zweite will Blut, der dritte will Gold,
Der erste, der ist dem Mädel hold.

Und als der erste steigt herein,
Da hebt das Mädchen den Mühlenstein.

Und – patsch!, der Räuber lebt nicht mehr,
Der Mühlstein druckt ihn gar zu sehr.

Doch schon erscheint mordgierig-heiter
Und steigt durchs Loch der Räuber zweiter.

Ha! Hu! – Er ist, eh er's gewollt
Wie Rollenknaster aufgerollt.

Jetzt aber naht mit kühnem Schritte
Voll Goldbegierigkeit der dritte.

Schnapp! – ist der Hals ihm eingeklommen;
Er stirbt, weil ihm die Luft benommen.

So starben die drei ganz unverhofft.
O Jüngling! da schau her!!!
So bringt ein einzig Mädchen oft
Drei Männer ins Malheur!!!

Der heilige Antonius von Padua

-1870-

VORWORT

Ach, ja, ja! – so seufz' ich immer –;
Denn die Zeit wird schlimm und schlimmer.
Oder kann in unsern Tagen
Einer wagen, nein! zu sagen,
Der mit kindlichem Gemüt
Morgens in die Zeitung sieht?

Hier Romane, dort Gedichte,
Malzextrakt und Kursberichte,
Näh- und Mäh- und Waschmaschinen,
Klauenseuche und Trichinen –
Dieses druckt man groß und breit –
Aber wo ist Frömmigkeit???
Hält denn nicht, o Sünd und Schand,
Weltlicher Arm die geistliche Hand,
Dass man also frech und frei
Greife den Beutel der Klerisei!

Wehe! Selbst im guten Öster-
Reiche tadelt man die Klöster –
Und so weiter und so weiter –

Doch das Ende ist nicht heiter!!!
Ja, es ist abscheulich, greulich!!!
Aber siehe! wie erfreulich
Ist's dagegen, wenn wir lesen,
Wie man sonsten fromm gewesen;
Wie zum Beispiel Sankt Anton,
Unsrer Kirche großer Sohn,
Litt und stritt und triumphierte –
Kurz! – ein christlich Leben führte –
Dieses lasst uns mit Bemühen
Heute in Erwägung ziehen.

Erstens

FRÜHE TALENTE

Wennschon der Mensch, eh' er was wird,
Zuweilen strauchelt oder irrt,
Wennschon die Heiligen vor allen
Mitunter in Versuchung fallen –
So gilt doch dies Gesetz auf Erden:
Wer mal so ist, muss auch so werden!
Auch unser Toni zeigte früh
Zum Heil'gen mancherlei Genie. –
Man rechnet meistens zu den Lasten
Das kirchliche Gebot der Fasten;
Man fastet, weil man meint, man muss.
Für Toni aber war's Genuss!
Bouillon und Fleisch und Leberkloß,
Das war ihm alles tutmämschos.
Dagegen jene milden Sachen,
Die wir aus Mehl und Zucker machen,
Wozu man auch wohl Milch und Zimt
Und gute, sanfte Butter nimmt –
Ich will mal sagen: Mandeltorten,
Dampfnudeln, Krapfen aller Sorten,
Auch Waffel-, Honig-, Pfannenkuchen –
Dies pflegt' er häufig aufzusuchen.

Den Freitag war er gern allein,
Um sich besonders zu kastein.
Der Tag war ihm besonders heilig. –
Früh stund er auf und schlich sich eilig
Zur Scheune auf die kühle Tenne,
Denn Picola, die kluge Henne,

Legt' hier versteckt in frisches Heu
Behutsam schon ihr Morgenei.

Er trank es aus. – Hier sehen wir,
Dass selbst das unvernünft'ge Tier
Mit sonst gedankenlosen Werken
Den Frommen fördern muss und stärken. –

Ein Gärtner wohnt ganz nahebei,
Der, im Besitz der Fischerei,
Doch, immer nur auf Fleisch bedacht,
Sich aus dem Freitag wenig macht.

Und als ein pflichtvergess'ner Greis
Den christlichen Familienkreis
An diesem Tag beharrlich flieht,
In dunkle Ketzerkneipen zieht
Und da, als wär's am Kirchweihfest,
Sich Wurst und Braten geben lässt.

O pfui! – Doch sieh! Der Toni kam,
Sobald der Fischer Abschied nahm.
Im traulich stillen Gartenraume
Pflückt er die Kirsche und die Pflaume,
Geht dann hinab zum Murmelbach
Und sieht des Fischers Angel nach;
Sodass er manchen Fisch sodann
Der guten Mutter bringen kann. –

Gesegnet sind die Frommen! Ihnen
Muss jedes Ding zum Besten dienen!

Doch nicht allein die Fastenzeit
Fand ihn stets willig und bereit.
Nein! Auch die vielen Feiertage
Trug er geduldig ohne Klage.
So wie die braven, guten Alten
Pflegt' er die Kirchweih streng zu halten.

In allen Kirchen nah und fern
Ging er zur Beichte oft und gern,
Und gab der Beichte Zettel willig
An andre Knaben – aber billig.

Wenn Messe war, stets war er da;
Wo Julchen kniete, stand er nah;
Denn dieses Mädchen, ob es gleich
Schon älter war und etwas bleich,
Zog doch durch andachtsvollen Sinn
Den frommen Knaben zu sich hin.

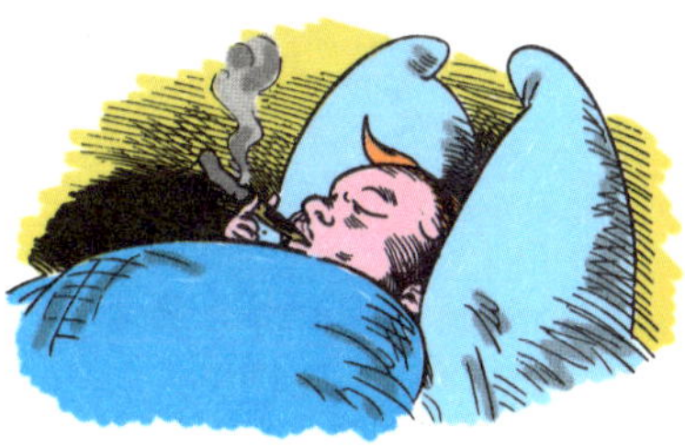

Ihr guten Mädchen! Ach, wie schön
Ist dieses Beispiel anzusehn! –

Zuweilen auch, bei kühler Zeit,
Trieb ihn der Geist zur Einsamkeit,
Sodass er morgens auf dem Pfühle,
Entfernt von Schul- und Weltgewühle,
Bis in den hellen Wintertag,
Ein stiller Klausner, sinnend lag. –

Kurzum! Man sah an diesem Knaben
Schon früh die Keime jener Gaben,
Die er in gnadenvoller Zeit
Gepflegt zum Ruhm der Christenheit.

Zweitens

LIEBE UND BEKEHRUNG

Ein Irrtum, welcher sehr verbreitet
Und manchen Jüngling irreleitet,
Ist der: dass Liebe eine Sache,
Die immer viel Vergnügen mache.

Antonio meinte dieses, als
Er größer wurde, ebenfalls. –

Denn ach!, noch immer liebt' er ja
Die schon erwähnte Julia,
Selbst dann noch, als die Auserwählte
Sich einem Manne anvermählte. –

An einem Abend, kalt und bitter,
Als er, wie öfters schon, die Zither
Vor ihrem Fenster klagend schlägt,
Ob er vielleicht ihr Herz bewegt,

Pst! pst! – ertönt es da hernieder –
Dass durch die halberstarrten Glieder
Ein wonnevoller Schrecken dringt. –
Pst! pst! Sieh da! Sie winkt, sie winkt! –
Von Hoffnungsflügeln sanft gehoben
Schwebt er treppauf und fliegt nach oben.

Wer möchte nicht, wenn er durchfroren,
Die halbverglasten steifen Ohren
An einen warmen Busen drücken
Und so allmählich sich erquicken?

Antonio hoffte dieses, als
Er hergekommen, ebenfalls.
Doch ach! kaum hat er Platz genommen,
Da hört man draußen schon was kommen.

Mit Husten und mit Sporenklang
Klirrt der Gemahl den Gang entlang.

„Schnell unters Fass!“ – so ruft das Weib
Und stülpt's Antonio auf den Leib,

Und auch die Katze wird erschreckt,
Wird in der Hast mit zugedeckt.

Der Hausherr fängt als Biedermann
Mit seiner Frau zu kosen an.

Antonio aber, sehr beengt,
Hat seine Finger eingezwängt.

Derweil verspüret hinterwärts
Am Schwanz die Katze großen Schmerz.

Sie meint: Antonio hat's getan!
Die Kralle kratzt, es beißt der Zahn.

Das Fass fällt um, der Lärm wird groß,
Die Katze lässt so leicht nicht los.

Mit seinem Degen stößt der Mann,
Antonio drückt sich, wie er kann,

Und kommt gekrochen und gefroren
Zu eines Klosters ernsten Toren.

O Welt, mit uns ist's nun vorbei!
Ihr Weiber, fahrt mir aus dem Sinn!
Du Königin des Himmels, sei
Auch meines Herzens Königin! Salve Regina!

Drittens

UNSERER FRAUEN BILDNIS

Ein hoffnungsvoller junger Mann
Gewöhnt sich leicht das Malen an! –

Auch Bruder Antonio, welcher nun,
Von seinen Sünden auszuruhn,
Zu Padua im Kloster lebt
Und geistlicher Bildung sich bestrebt,
Hat es gar bald herausgebracht,
Wie man die schönen Bilder macht,
Und malt auf Gold schön rot und blau
Das Bildnis Unsrer lieben Frau.
Umflattert von der Englein Chor
Tritt sie hervor aus des Himmels Tor.

Den blauen Mantel fasst die Linke;
Die Rechte sieht man sanft erhoben,

Halb drohend, halb zum Gnadenwinke,
So kommt die Königin von oben.

Doch ihr zu Füßen windet sich
Der Teufel schwarz und fürchterlich.
Dem Teufel war's nicht einerlei,
Dass er so gar abscheulich sei.
Er fängt alsbald das Grübeln an,
Wie er den Bruder kränken kann.

Ein Kloster lag nicht weit von hinnen,
Besetzt mit Karmeliterinnen,
Und war als Kustorin allda
Die fromme Jungfrau Laurentia. –
Bescheiden, still und glaubensfroh,
Hat sie der gute Antonio,
Den alles Gute stets ergötzt,
Schon längst von Herzen hochgeschätzt.
Natürlich im Allgemeinen und überhaupt,
Wie's unsere heilige Kirche erlaubt.

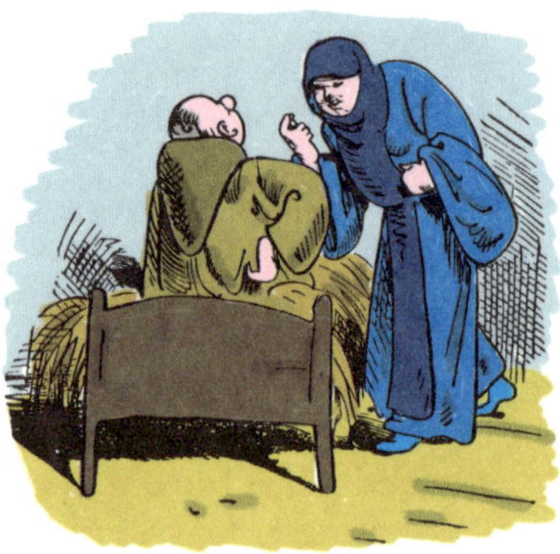

Einst als er so in stiller Nacht,
Von Träumen umgaukelt, halb schläft, halb wacht,
Tritt bei des Mondes Dämmerhelle
Schwester Laurentia in seine Zelle
Und beugt sich nieder und seufzt und spricht:
„Antonio, Lieber, kennst du mich nicht?
Ich bin entflohen aus des Klosters Zwang,
Konnt' nicht widerstehn meines Herzens Drang,

Bin aus Liebe zu dir und großem Verlangen
Mit dem Silbergerät davongegangen.
Auf, auf, Antonio! Tue desgleichen
Und lass uns in fremde Lande entweichen!“
Dem Bruder tät die Sache scheinen,
Nimmt die heiligen Gefäße aus den Schreinen,
Packt's in die Kutten emsiglich
Und lässt das Kloster hinter sich.
Aber da draußen im freien Feld
Ward ihm die Lieb' und Lust vergällt.
Statt der guten Jungfrau Laurentia
War plötzlich der leidige Satan da.

„Hei, hei!“ – lacht der Teufel, „so ist's der Brauch.
Du maltest den Teufel, nun zahlt er auch!“

Flugs flog er auf, dem Kloster zu,
Und rüttelt die Patres aus ihrer Ruh.

Bruder Antonio wär' schier verzagt,
Ringt seine Hände, weint und klagt,

Vermeinend, dass aus dieser Beschwer
Nirgends ein Ausgang zu finden wär'!
Doch sieh! Aus dunklem Wolkenflor
Tritt Unsre liebe Frau hervor.

„Sei getrost, Antonio, ich bin voller Gnaden,
Der böse Feind soll dir nicht schaden.

Mein Bildnis in des Klosters Hallen
Sah ich mit gnädigem Wohlgefallen!"

Sprach's und winkte mit der Hand,
Schwebte nach oben und verschwand.

Alsbald, so kommt der ganze Haufen
Der Klosterbrüder zugelaufen
Und führen mit vielem Heh! und Hoh!
Zum Kerker den guten Antonio.

Doch in der Früh, als das Glöcklein läutet
Und jeder hinab zur Metten schreitet –

O Wunder! – da sitzt schon emsig und frei
Bruder Antonio vor seiner Staffelei!
Im Gefängnis aber in einer Ecken

Hockt der Teufel mit Knurren und Zähneblecken,
Der Prior tunkt ein den langen Wedel
Und besprengt ihm den harten Teufelsschädel,

Und plärrend und mit Ach! und Krach!
Fährt er ab mitsamt dem Fensterfach.
Recht nützlich ist die Malerei,
Wenn etwas Heiligkeit dabei.

Viertens

ZWEI STIMMEN VON OBEN

In Sachen des Klosters ausgesandt,
Kam Bruder Antonio einst über Land.

Und ihm zur Seite mit leichtem Fuß,
Schritt Doktor Alopecius.
(Ach! das war auch so einer von denen!)
Rechts und links begrüßt er die ländlichen Schönen,
Fasst sie beim Kinn, anmutig-milde,
Schenkt ihnen gar schöne Heiligenbilde,
Und macht auch wohl so hin und wieder
Dominus vobiscum! über das Mieder.

Wie man denn meistens auf der Reis'
Die Schönheit der Natur erst recht zu würdigen weiß.
Bruder Antonio aber dagegen,
Dem nichts an irdischer Liebe gelegen,
Trug einzig allein in Herz und Sinn
Die süße Himmelskönigin.

Er wandelt abseits und schaut sich nicht um,
Er spricht das Salve und Sub tuum präsidium.

So zogen sie weiter. Der Tag verstrich.
Der Abend wird schwül. Es türmet sich
Ein grau Gewölk am Horizonte,
Worin's schon ferne zu donnern begonnte.

Doktor Alopecius, in diesen Sachen
Ein arger Spötter, spricht mit Lachen:
„Na, was hat denn wieder der alte Brummer?
Rumort ja schrecklich in den Wolken rummer?"

Und näher wälzt sich der Wolkenballen.
Gewaltig braust der Sturm. Die Donner schallen.
Bruder Antonio schaut sich nicht um,
Er spricht das Salve und Sub tuum präsidium.

Der Doktor aber nimmt sein Paraplü,
Spannt's auf und spricht: „Jetzt kommt die Brüh!!"

Horch! – Plötzlich wie des Gerichts Trompete,
Donnert von oben eine Stimme: „Töte!! Töte!!“
„Schon recht!!!“ – ertönt voll Grimme
Eine zweite Stimme.

Huit! – Knatteradoms! – Ein Donnerkeil –
Und Alopecius hat sein Teil.
Bruder Antonio schaut sich nicht um,

Er betet das Salve und Sub tuum präsidium.

So wandelt er weiter in stillem Gebete. –
Und wieder donnert die erste Stimme:
„Töte! Töte!!!“

„Ja, töte, töte!! Sie leid't's halt nit!!!“
So ruft voll Grimme
Die zweite Stimme.

Und grollend zog das Wetter hinunter. –
– Antonio aber, getrost und munter,
Zieht seines Weges fürderhin,

(Dank dir, o Himmelskönigin!)
Bis Padua, die werte Stadt,
Ihn wieder aufgenommen hat.

Fünftens

KIRCHWEIH

Gen Padua, wenn Kirchweih ist,
Wallfahrten die Bruderschaften;
Denn da erlangt der fromme Christ
Einen Ablass von großen Kräften.

Die Bruderschaft und den Jungfernverband,
Die tut es gewaltig dürsten;
Drum ist ein Wirtshaus allda zur Hand
Mit Bier und schweinernen Würsten.

Und als man nachts zu Bette ging,
Nahm man sich nicht in Achte,
Das Wirtshaus, welches Feuer fing,
Brannt hell, als man erwachte.

Das Kloster mit seiner Kellerei
Liegt nahe in großen Nöten;
Die Mönche erhuben ein groß Geschrei,
Antonio hub an zu beten:

„Ave Maria, mundi spes!
Erhalt uns armen Mönchen –
Du weißt es ja, wir brauchen es –
Den Wein in unsern Tönnchen!“

Und sieh! Erloschen ist die Glut
Der gier'gen Feuerzungen;
Die frommen Brüder fassen Mut,
Sie waren so fröhlich und sungen:

„Der Saft, der aus der Traube quoll,
Kann heut ja wohl nicht schaden!
Juchhe! Wir sind ja wieder voll,
Ja wieder voller Gnaden!“

Sechstens

BISCHOF RUSTICUS

Zu Padua war groß Gedränge
Der andachtsvollen Christenmenge.
Man eilt zu Kanzeln und Altären,
Den frommen Antonio zu hören,
Der sich alldorten seiner Predigt
Mit wunderbarer Kraft entledigt.

Auch tät er oft, vom Geist getrieben,
Herrliche Zeichen und Wunder verüben.
Jedoch die Kinder dieser Welt,
Denen so etwas selten gefällt,
Murren und munkeln so allerlei
Von Teufelskünsten und Zauberei
Und verklagen den frommen Antonius
Beim guten Bischof Rusticus.

Der Bischof lässt den Bruder kommen:

„Ich hab' von deiner Kunst vernommen!
Allein, mein Freund, wie steht der Glaube?“

Flugs nimmt Antonio seine Haube
Und hängt sie, wie an einen Pfahl,
An einen warmen Sonnenstrahl.

Der Bischof sprach: „Bravo! – Allein!
Dies kann auch Teufelsblendwerk sein!“

Nun spielte da im Sand herum
Ein Findelknabe, taub und stumm,
Und keiner hatte je erfahren,
Wer Vater oder Mutter waren. –
Antonius sprach: „Sag an, mein Kind,
Wer deine lieben Eltern sind!!“
O Wunder! Der bis diese Stund'
Nicht sprechen konnte, sprach jetzund:

„Der Bischof Rusticus, der ist ...“

„Ps–s–s–s–s–st!!!“

Sprach der Bischof – „Es ist schon recht!!!
Antonius, du bist ein Gottesknecht!!!“
Seit dieser Zeit sah groß und klein

Antonius mit dem Heiligenschein.

Siebtens

DIE BEICHTE

Es wohnte zu Padua ein Weib,
Bös von Seele, gut von Leib,
Genannt die schöne Monika. –
Als die den frommen Pater sah,
Verspürte sie ein groß Verlangen,
Auch ihn in ihre Netze zu fangen.
„Geht, rufet mir den heiligen Mann", –
So sprach sie – „dass ich beichten kann!"
Er kam und trat ins Schlafgemach.
Sie war so krank, sie war so schwach.

„Sei mir gegrüßt, o heil'ger Mann!
Und höre meine Beichte an!"

Antonius sprach mit ernstem Ton:
„Fahre fort, meine Tochter, ich höre schon!"
„ Am Freitag war es, vor acht Tagen –
Ach Gott!, ich wag' es kaum zu sagen!
  Es war schon spät, ich lag allein –
Da trat ein Freund zu mir herein.
– Gewiss, ich konnte nichts dafür!
Er setzte sich ans Bett zu mir ... – ...

Ach, frommer Pater Antonio!
Wie Ihr da sitzt! Gerade so!"

Antonius sprach mit ernstem Ton:
„Fahre fort, meine Tochter, ich höre schon!"

„So saß er da und sprach kein Wort
Und sah mich an in einem fort
Und sah so fromm und freundlich drein –
Ich konnte ihm nicht böse sein!

Die Finger waren schlank und zart.
Blau war sein Auge, blond sein Bart...
– Ach, guter Vater Antonio!
Gerade wie Eurer! Gerade so!"

Antonius sprach mit ernstem Ton:
„Fahre fort, meine Tochter, ich höre schon!"

„Und leise tändelnd mit der Rechten
Berührt er meine losen Flechten,
Zieht meine Hand an seine Lippen,
Gar lieb und kosend dran zu nippen ...

Ach, bester Vater Antonio,
So nippte er! Gerade so!!!"

Antonius sprach mit ernstem Ton:
„Fahre fort, meine Tochter, ich höre schon!“

„So nippte er – und nippt nicht lange –
Er presst den Mund an meine Wange.
‚Geliebte‘, sprach er, ‚liebst du mich??‘
„Ja, sprach ich, rasend lieb' ich dich!!“

Ja, liebster, bester Antonio!

Ich lieb dich rasend, gerade so!!!“
Da sprach Antonius mit barschem Ton:

„Verruchtes Weib! Jetzt merk' ich's schon!“

Kehrt würdevoll sich um – und klapp!! –

Die Türe zu – geht er treppab.

Da sprach die schöne Monika,
Die dieses mit Erstaunen sah:
„Ich kenne doch so manchen Frommen,
So was ist mir nicht vorgekommen!!“

Achtens

WALLFAHRT

Ein Christ verspüret großen Drang,
Das heil'ge Grab zu sehn,
Drum will Antonius schon lang
Dahin wallfahrten gehn.

Es schickt sich, dass ein frommer Mann
Die Sache überlegt;
Er schafft sich einen Esel an,
Der ihm den Ranzen trägt.

So zogen sie hinaus zum Tor
Und fürder allgemach;
Der Heilige, der ging her vor,
Der Esel hinten nach.

Da kam aus seinem Hinterhalt
Ein Bär in schnellem Lauf;

Und greift den Esel alsobald
Und zehrt ihn mählich auf.

Antonius als ein guter Christ
Schaut's an mit Seelenruh:
„He, Alter! Wenn du fertig bist, –
Wohlan! – so trage du!“

Der heilige Antonius macht
Sich bald das Ding bequem,

Er setzt sich auf und reitet sacht
Bis nach Jerusalem.

Wo Salomonis Tempel stand,
Liegt mancher dicke Stein,

Den allerdicksten, den er fand
Packt Sankt Antonius ein.

Er sprach: „Den Stein, den nehm' ich mit!“
Der Bär, der macht: Brumm, brumm!

Das hilft ihm aber alles nit,
Wir kümmern uns nit drum.

Der Bär, obschon ganz krumm und matt,
Setzt sich in kurzen Trab

Bis hin nach Padua der Stadt;
Da stieg Antonius ab.

Und milde sprach der heil'ge Mann:

„Mein Freund, du kannst nun gehn!
Und wie es einem gehen kann,
Das hast du nun gesehn!“
Der Bär, als er zum Walde schlich,
Der brummte vor sich her:

Mein Leben lang bekümm'r ich mich
Um keinen Esel mehr!“

Neuntens

LETZTE VERSUCHUNG

Der heilige Antonius von Padua
Saß oftmals ganz alleinig da

Und las bei seinem Heiligenschein
Meistens bis tief in die Nacht hinein. –

Einst, als er wieder so sitzt und liest –
– Auf einmal, so räuspert sich was und niest;

Und wie er sich umschaut, der fromme Mann,
Schaut ihn ein hübsches Mädchen an. –
Der heilige Antonius von Padua
War aber ganz ruhig, als dies geschah.
Er sprach: „Schau du nur immer zu,
Du störst mich nicht in meiner christlichen Ruh!“

Als er nun wieder so ruhig saß
Und weiter in seinem Buche las –

Husch, husch! – so spürt er auf der Glatzen
Und hinterm Ohr ein Kribbelkratzen,
Dass ihm dabei ganz sonderbar,
Bald warm, bald kalt zumute war. –

Der heilige Antonius von Padua
War aber ganz ruhig, als dies geschah.

Er sprach: „So krabble du nur zu,
Du störst mich nicht in meiner christlichen Ruh!“

„Na! – – Na!“ –

„Na, na! – sag' ich!!!“

„Hm! hm! – – hm!!!“

Auf einmal – er wusste selber nicht wie –
Setzt sich das Mädel ihm gar aufs Knie

Und gibt dem heiligen Antonius
Links und rechts einen herzhaften Kuss.

Der heilige Antonius von Padua
War aber nicht ruhig, als dies geschah.

Er sprang empor, von Zorn entbrannt;
Er nahm das Kreuz in seine Hand:

„Lass ab von mir, unsaubrer Geist!
Sei, wie du bist, wer du auch seist!“

Puh!! – da sauste mit großem Rumor
Der Satanas durchs Ofenrohr.

Der heilige Antonius, ruhig und heiter,
Las aber in seinem Buche weiter! –

O heil'ger Antonius von Padua,
Du kennst uns ja!
So lass uns denn auf dieser Erden
Auch solche fromme Heil'ge werden!

Zehntens

KLAUSNERLEBEN UND HIMMELFAHRT

Der heilige Antonius – so wird berichtet –
Hat endlich ganz auf die Welt verzichtet;

Ist tief, tief hinten im Wald gesessen,
Hat Tau getrunken und Moos gegessen,
Und sitzt und sitzt an diesem Ort
Und betet, bis er schier verdorrt,
Und ihm zuletzt das wilde Kraut
Aus Nase und aus Ohren schaut.
Er sprach: „Von hier will ich nicht weichen,
Es käm' mir denn ein glaubhaft Zeichen!“

Und siehe da! – Aus Waldes Mitten
Ein Wildschwein kommt dahergeschritten,

Das wühlet emsig an der Stelle
Ein Brünnlein auf, gar rein und helle.
Und wühlt mit Schnauben und mit Schnüffeln
Dazu hervor ein Häuflein Trüffeln. –

Der heilige Antonius, voll Preis und Dank,
Setzte sich nieder, aß und trank
Und sprach gerührt: „Du gutes Schwein,
Du sollst nun ewig bei mir sein!“
So lebten die zwei in Einigkeit
Hienieden auf Erden noch lange Zeit,
Und starben endlich und starben zugleich,
Und fuhren zusammen vors Himmelreich. –
„Au weih geschrien! Ein Schwein, ein Schwein!“
So huben die Juden an zu schrein.
Und auch die Türken kamen in Scharen
Und wollten sich gegen das Schwein verwahren. –

Doch siehe! – Aus des Himmels Tor
Tritt Unsre liebe Frau hervor.

Den blauen Mantel hält die Linke,
Die Rechte sieht man sanft erhoben,
zum freundlich-ernsten Gnadenwinke;
So steht sie da, von Glanz umwoben.

„Willkommen! Gehet ein in Frieden!
Hier wird kein Freund vom Freund geschieden.
Es kommt so manches Schaf herein,
Warum nicht auch ein braves Schwein!!“
Da grunzte das Schwein, die Englein sangen;
So sind sie beide hineingegangen.

Die fromme Helene

-1872-

Erstes Kapitel

LENCHEN KOMMT AUFS LAND

Wie der Wind in Trauerweiden
Tönt des frommen Sängers Lied,
Wenn er auf die Lasterfreuden
In den großen Städten sieht.

Ach, die sittenlose Presse!
Tut sie nicht in früher Stund
All die sündlichen Exzesse
Schon den Bürgersleuten kund?!

Offenbach ist im Thalia,
Hier sind Bälle, da Konzerts.
Annchen, Hannchen und Maria
Hüpft vor Freuden schon das Herz.

Kaum trank man die letzte Tasse,
Putzt man schon den ird'schen Leib.
Auf dem Walle, auf der Gasse
Wimmelt man zum Zeitvertreib.

Wie sie schauen, wie sie grüßen!
Hier die zierlichen Mosjös,
Dort die Damen mit den süßen,
Himmlisch hohen Prachtpopös.

Und der Jud mit krummer Ferse,
Krummer Nas' und krummer Hos'
Schlängelt sich zur hohen Börse
Tiefverderbt und seelenlos.

Schweigen will ich von Lokalen,
Wo der Böse nächtlich prasst,
Wo im Kreis der Liberalen
Man den Heil'gen Vater hasst.

Schweigen will ich von Konzerten,
Wo der Kenner hoch entzückt
Mit dem seelenvoll-verklärten
Opernglase um sich blickt,

Wo mit weichen Wogebusen
Man schön warm beisammen sitzt,
Wo der hehre Chor der Musen,
Wo Apollo selber schwitzt.

Schweigen will ich vom Theater,
Wie von da, des Abends spät,
Schöne Mutter, alter Vater
Arm in Arm nach Hause geht.

Zwar man zeuget viele Kinder,
Doch man denket nichts dabei.
Und die Kinder werden Sünder,
Wenn's den Eltern einerlei.

„Komm Helenchen!", sprach der brave
Vormund - „Komm, mein liebes Kind!
Komm aufs Land, wo sanfte Schafe
Und die frommen Lämmer sind.

Da ist Onkel, da ist Tante,
Da ist Tugend und Verstand,
Da sind deine Anverwandte!"
So kam Lenchen auf das Land.

Zweites Kapitel

DES ONKELS NACHTHEMD

„Helene!" - sprach der Onkel Nolte –
„Was ich schon immer sagen wollte!
Ich warne dich als Mensch und Christ:
Oh, hüte dich vor allem Bösen!
Es macht Pläsier, wenn man es ist,
Es macht Verdruss, wenn man's gewesen!"

„Ja, leider!" - sprach die milde Tante -
„So ging es vielen, die ich kannte!
Drum soll ein Kind die weisen Lehren
Der alten Leute hochverehren!
Die haben alles hinter sich
Und sind, gottlob! recht tugendlich!
Nun gute Nacht! Es ist schon späte!
Und, gutes Lenchen, bete! bete!"

Helene geht. – Und mit Vergnügen
Sieht sie des Onkels Nachthemd liegen.

Die Nadel her, so schnell es geht!
Und Hals und Ärmel zugenäht!

Darauf begibt sie sich zur Ruh
Und deckt sich warm und fröhlich zu.

Bald kommt der Onkel auch herein
Und scheint bereits recht müd zu sein.

Erst nimmt er seine Schlummerprise,
Denn er ist sehr gewöhnt an diese.

Und nun vertauscht er mit Bedacht
Das Hemd des Tags mit dem der Nacht.

Doch geht's nicht so, wie er wohl möcht,
Denn die Geschichte will nicht recht.

„Potztausend, das ist wunderlich!"
Der Onkel Nolte ärgert sich.

Er ärgert sich, doch hilft es nicht.
Ja siehste wohl! Da liegt das Licht!

Stets größer wird der Ärger nur,
Es fällt die Dose und die Uhr.

Rack! – Stößt er an den Tisch der Nacht,
Was einen großen Lärm gemacht.

Hier kommt die Tante mit dem Licht. –
Der Onkel hat schon Luft gekriegt.

„Oh, sündenvolle Kreatur!
Dich mein ich dort! – Ja, schnarche nur!"

Helene denkt: „Dies will ich nun
Auch ganz gewiss nicht wieder tun."

Drittes Kapitel

VETTER FRANZ

Helenchen wächst und wird gescheit
Und trägt bereits ein langes Kleid. –

„Na, Lene! hast du's schon vernommen?
Der Vetter Franz ist angekommen."
So sprach die Tante früh um achte,
Indem sie grade Kaffee machte.
„Und hörst du, sei fein hübsch manierlich
Und zeige dich nicht ungebührlich,
Und sitz bei Tische nicht so krumm
Und gaffe nicht soviel herum.
Und ganz besonders muss ich bitten:
Das Grüne, was so ausgeschnitten –
Du ziehst mir nicht das Grüne an,
Weil ich's nun mal nicht leiden kann."

„Ei!" – denkt Helene – „Schläft er noch?"
Und schaut auch schon durchs Schlüsselloch.

Der Franz, ermüdet von der Reise,
Liegt tief versteckt im Bettgehäuse.

„Ah, ja, ja, jam!" – so gähnt er eben -
„Es wird wohl Zeit, sich zu erheben

Und sich allmählich zu bequemen,
Die Morgenwäsche vorzunehmen."

Zum ersten: ist es mal so schicklich,

Zum zweiten: ist es sehr erquicklich;

Zum dritten: ist man sehr bestaubt

Und viertens: soll man's überhaupt,

Denn fünftens: ziert es das Gesicht

Und schließlich: schaden tut's mal nicht.

Wie fröhlich ist der Wandersmann,
Zieht er das reine Hemd sich an.

Und neugestärkt und friedlich-heiter
Bekleidet er sich emsig weiter.

Und erntet endlich stillerfreut

Die Früchte seiner Reinlichkeit.

Jetzt steckt der Franz die Pfeife an,
Helene eilt, so schnell sie kann.

Plemm!! – Stößt sie an die alte Brause,
Die oben steht im Treppenhause.

Sie kommt auf Hannchen hergerollt,
Die Franzen's Stiefel holen wollt.

Die Lene rutscht, es rutscht die Hanne;
Die Tante trägt die Kaffeekanne.

Da geht es klirr! und klipp! und klapp!
Und auch der Onkel kriegt was ab.

Viertes Kapitel

DER FROSCH

Der Franz, ein Schüler hochgelehrt,
Macht sich gar bald beliebt und wert.
So hat er einstens in der Nacht
Beifolgendes Gedicht gemacht:

> *Als ich so von ungefähr*
> *Durch den Wald spazierte,*
> *Kam ein bunter Vogel, der*
> *Pfiff und quinquilierte.*
>
> *Was der bunte Vogel pfiff,*
> *Fühle und begreif' ich:*
> *Liebe ist der Inbegriff,*
> *Auf das andre pfeif' ich.*

Er schenkt's Helenen, die darob
Gar hocherfreut und voller Lob.

Und Franz war wirklich angenehm,
Teils dieserhalb, teils außerdem.

Wenn in der Küche oder Kammer
Ein Nagel fehlt – Franz holt den Hammer!

Wenn man den Kellerraum betritt,
Wo's öd und dunkel – Franz geht mit!

Wenn man nach dem Gemüse sah
In Feld und Garten – Franz ist da! –

Oft ist zum Beispiel an den Stangen
Die Bohne schwierig zu erlangen.

Franz aber fasst die Leiter an,
Dass Lenchen ja nicht fallen kann.

Und ist sie dann da oben fertig -
Franz ist zur Hilfe gegenwärtig.

Kurzum! Es sei nun, was es sei -
Der Vetter Franz ist gern dabei.

Indessen ganz insonderheit
Ist er voll Scherz und Lustbarkeit.

Schau, schau! Da schlupft und hupft im Grün
Ein Frosch herum! – Gleich hat er ihn!

Und setzt ihn heimlich nackt und bloß
In Nolten seine Tobaksdos'.

Wie nun der sanfte Onkel Nolte
Sich eine Prise schöpfen wollte –

Hucks da! Mit einem Satze saß
Der Frosch an Nolten seiner Nas'.

Platsch! Springt er in die Tasse gar,
Worin noch schöner Kaffee war.

Schlupp! Sitzt er in der Butterbemme
Ein kleines Weilchen in der Klemme.

Putsch!! – Ach, der Todesschreck ist groß!
Er hupft in Tante ihren Schoß.

Der Onkel ruft und zieht die Schelle:
„He, Hannchen, Hannchen, komme schnelle!“

Und Hannchen ohne Furcht und Bangen
Entfernt das Scheusal mit der Zangen.

Nun kehrt die Tante auch zum Glück
Ins selbstbewusste Sein zurück.

Wie hat Helene da gelacht,
Als Vetter Franz den Scherz gemacht!
Eins aber war von ihm nicht schön:
Man sah ihn oft bei Hannchen stehn!
Doch jeder Jüngling hat wohl mal
'n Hang fürs Küchenpersonal,
Und sündhaft ist der Mensch im Ganzen!
Wie betet Lenchen da für Franzen!!
Nur einer war, der heimlich grollte:
Das ist der ahnungslose Nolte.
Natürlich tut er dieses bloß
In Anbetracht der Tobaksdos'.
Er war auch wirklich voller Freud,
Als nun vorbei die Ferienzeit
Und Franz mit Schrecken wiederum
Zurück muss aufs Gymnasium.

Fünftes Kapitel

DER LIEBESBRIEF

„Und wenn er sich auch ärgern sollte,
Was schert mich dieser Onkel Nolte!"

So denkt Helene, leider Gotts!
Und schreibt dem Onkel grad zum Trotz:

„Geliebter Franz!
Du weißt es ja, Dein bin ich ganz!

Wie reizend schön war doch die Zeit,
Wie himmlisch war das Herz erfreut,

Als in den Schnabelbohnen drin
Der Jemand eine Jemandin,

Ich darf wohl sagen: herzlich küsste. –
Ach Gott, wenn das die Tante wüsste!
Und ach! wie ist es hierzuland
Doch jetzt so schrecklich anigant!

Der Onkel ist, gottlob, recht dumm,
Die Tante nöckert so herum,

Und beide sind so furchtbar fromm;
Wenn's irgend möglich, Franz, so komm
Und trockne meiner Sehnsucht Träne!
Zehntausend Küsse von
Helene.“

Jetzt Siegellack! – Doch weh! alsbald

Ruft Onkel Nolte donnernd: „Halt!“

Und an Helenes Nase stracks
Klebt das erhitzte Siegelwachs.

Sechstes Kapitel

EINE UNRUHIGE NACHT

In der Kammer, still und donkel,
Schläft die Tante bei dem Onkel.

Mit der Angelschnur versehen
Naht sich Lenchen auf den Zehen.

Zupp! - Schon lüftet sich die Decke
Zu des Onkels großem Schrecke.

Zupp! – Jetzt spürt die Tante auch
An dem Fuß den kalten Hauch.

„Nolte!“ - ruft sie – „Lasse das,
Denn das ist ein dummer Spaß!“

Und mit Murren und Gebrumm
Kehrt man beiderseits sich um.

Schnupp! – Da liegt man gänzlich bloß
Und die Zornigkeit wird groß;

Und der Schlüsselbund erklirrt,
Bis der Onkel flüchtig wird.

Autsch! Wie tut der Fuß so weh!
An der Angel sitzt die Zeh.

Lene hört nicht auf zu zupfen,
Onkel Nolte, der muss hupfen.

Lene hält die Türe zu.
Oh, du böse Lene du!

Stille wird es nach und nach,
Friede herrscht im Schlafgemach.

Am Morgen aber ward es klar,
Was nachts im Rat beschlossen war.
Kalt, ernst und dumpf sprach Onkel Nolte:
„Helene, was ich sagen wollte: – “

„Ach!“ – rief sie – „Ach! Ich will es nun
Auch ganz gewiss nicht wieder tun!“

„Es ist zu spät! – drum stantepeh
Pack deine Sachen! – So! – Ade!“

Siebentes Kapitel

INTERIMISTISCHE ZERSTREUUNG

Ratsam ist und bleibt es immer
Für ein junges Frauenzimmer,
Einen Mann sich zu erwählen
Und womöglich zu vermählen.

Erstens: will es so der Brauch.
Zweitens: will man's selber auch.
Drittens: man bedarf der Leitung
Und der männlichen Begleitung;

Weil bekanntlich manche Sachen,
Welche große Freude machen,
Mädchen nicht allein verstehn;
Als da ist: ins Wirtshaus gehn. –

Freilich oft, wenn man auch möchte,
Findet sich nicht gleich der Rechte;
Und derweil man so allein,
Sucht man sonst sich zu zerstreu'n.

Lene hat zu diesem Zwecke
Zwei Kanari in der Hecke,

Welche Niep und Piep genannt.
Zierlich fraßen aus der Hand
Diese goldignetten Mätzchen;

Aber Mienzi hieß das Kätzchen.

Einstens kam auch auf Besuch
Kater Munzel, frech und klug.

Alsobald so ist man einig. –
Fest entschlossen, still und schleunig

Ziehen sie voll Mörderdrang
Niep und Piep die Hälse lang.

Drauf so schreiten sie ganz heiter
Zu dem Kaffeetische weiter. –

Mienzi mit den sanften Tätzchen
Nimmt die guten Zuckerplätzchen.
Aber Munzels dicker Kopf
Quält sich in den Sahnetopf.
Grad kommt Lene, welche drüben
Eben einen Brief geschrieben,
Mit dem Licht und Siegellack
Und bemerkt das Lumpenpack.

Mienzi kann noch schnell enteilen,
Aber Munzel muss verweilen;

Denn es sitzt an Munzels Kopf
Festgeschmiegt der Sahnetopf.

Blindlings stürzt er sich zur Erd'.
Klacks! – Der Topf ist nichts mehr wert.

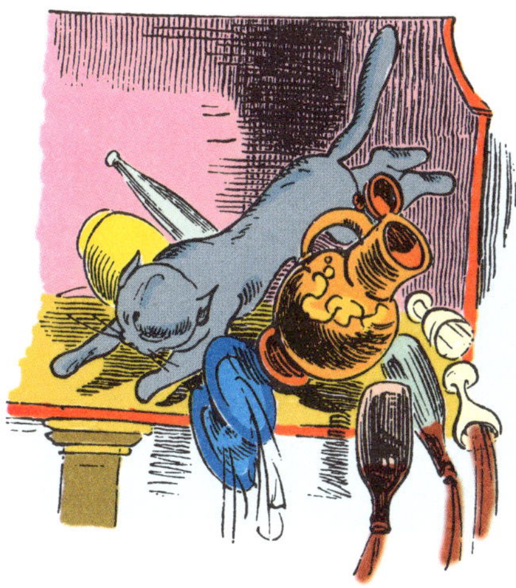

Aufs Büfett geht es jetzunder;
Flaschen, Gläser - alles runter!

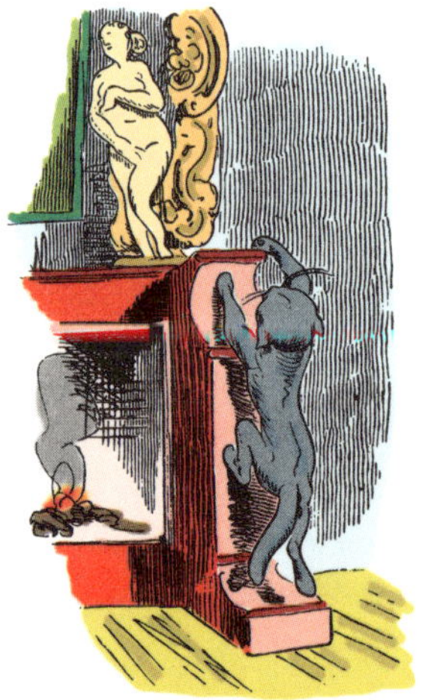

Sehr in Ängsten sieht man ihn

Aufwärts sausen am Kamin.
Ach! – Die Venus ist perdü -
Klickeradoms! – von Medici!

Weh! Mit einem Satze ist er
Vom Kamine an dem Lüster;

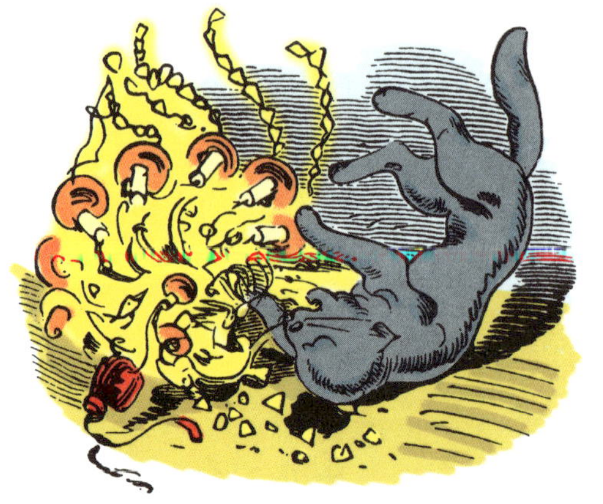

Und da geht es Klingelingelings!
Unten liegt das teure Dings.

Schnell sucht Munzel zu entrinnen,
Doch er kann nicht mehr von hinnen. –

Wehe, Munzel ! - Lene kriegt
Tute, Siegellack und Licht.

Allererst tut man die Tute
An des Schweifs behaarte Rute;

Dann das Lack, nachdem's erhitzt,
Auf die Tute, bis sie sitzt.

Drauf hält man das Licht daran,
Dass die Tute brennen kann.

Jetzt lässt man den Munzel los. –
Mau! – Wie ist die Hitze groß!

Achtes Kapitel

DER HEIRATS-ENTSCHLUSS

Wenn's einer davon haben kann,
So bleibt er gerne dann und wann
Des Morgens, wenn das Wetter kühle,
Noch etwas liegen auf dem Pfühle.
Und denkt sich so in seinem Sinn :
Na, dämm're noch 'n bissel hin!
Und denkt so hin und denkt so her,
Wie dies wohl wär, wenn das nicht wär. –
Und schließlich wird es ihm zu dumm. –
Er wendet sich nach vorne um,
Kreucht von der warmen Lagerstätte
Und geht an seine Toilette.

Die Propertät ist sehr zu schätzen,
Doch kann sie manches nicht ersetzen. -

Der Mensch wird schließlich mangelhaft.

Die Locke wird hinweggerafft. –

Mehr ist hier schon die Kunst zu loben,

Denn Schönheit wird durch Kunst gehoben. –

Allein auch dieses, auf die Dauer,
Fällt doch dem Menschen schließlich sauer. –

„Es sei!“ sprach Lene heute früh –
„Ich nehme Schmöck und Kompanie!“

G. J. C. Schmöck, schon längst bereit,
Ist dieserhalb gar hoch erfreut.
Und als der Frühling kam ins Land,
Ward Lene Madam Schmöck genannt.

Neuntes Kapitel

DIE HOCHZEITSREISE

's war Heidelberg, das sich erwählten
Als Freudenort die Neuvermählten. –

Wie lieblich wandelt man zu zwei'n
Zum Schloss hinauf im Sonnenschein.

„Ach, sieh nur mal, geliebter Schorsch!
Hier diese Trümmer, alt und morsch!“

„Ja!“ – sprach er – „Aber diese Hitze!
Und fühle nur mal, wie ich schwitze!“

Ruinen machen vielen Spaß. –
Auch sieht man gern das große Fass.

Und – alle Ehrfurcht! – muss ich sagen.

Alsbald, so sitzt man froh im Wagen

Und sieht das Panorama schnelle
Vorüberziehn bis zum Hotelle;

Denn Spargel, Schinken, Koteletts
Sind doch mitunter auch was Nett's.

„Pist! Kellner! Stell'n Sie eine kalt!
Und, Kellner! Aber möglichst bald!!“

Der Kellner hört des Fremden Wort.
Es saust der Frack. Schon eilt er fort.

Wie lieb und luftig perlt die Blase
Der Witwe Klicko in dem Glase. –

Gelobt seist du viel tausendmal!
Helene blättert im Journal.

„Pist! Kellner! Noch einmal so eine!“ –
Helenen ihre Uhr ist neune. –

Der Kellner hört des Fremden Wort.
Es saust der Frack. Schon eilt er fort.

Wie lieb und luftig perlt die Blase
Der Witwe Klicko in dem Glase.

„Pist! Kellner! Noch so was von den!“ –
Helenen ihre Uhr ist zehn. –

Schon eilt der Kellner emsig fort. –
Helene spricht ein ernstes Wort. –

Der Kellner leuchtet auf der Stiegen.
Der fremde Herr ist voll Vergnügen.

Pitsch! – Sieh da! Er löscht das Licht.

Plums! Liegt er da und rührt sich nicht.

Zehntes Kapitel

LÖBLICHE TÄTIGKEIT

Viele Madams, die ohne Sorgen,
In Sicherheit und wohlgeborgen,
Die denken: Pah! Es hat noch Zeit! –
Und bleiben ohne Frömmigkeit. –

Wie lobenswert ist da Helene!
Helene denkt nicht so wie jene. –
Nein, nein: sie wandelt oft und gerne
Zur Kirche hin, obschon sie ferne.

Und Jean mit demutsvollem Blick,
Drei Schritte hinterwärts zurück,
Das Buch der Lieder in der Hand,
Folgt seiner Herrin unverwandt.

Doch ist Helene nicht allein
Nur auf sich selbst bedacht. – O Nein! –
Ein guter Mensch gibt gerne acht,
Ob auch der andre was Böses macht;
Und strebt durch häufige Belehrung
Nach seiner Bessrung und Bekehrung.

"Schang!" – sprach sie einstens – "Deine Taschen
Sind oft so dick! Schang! Tust du naschen?

Ja, siehst du wohl! Ich dacht' es gleich!
O Schang! Denk an das Himmelreich!"

Dies Wort drang ihm in die Natur,
Sodass er schleunigst Bessrung schwur.

Doch nicht durch Worte nur allein
Soll man den andern nützlich sein. –

Helene strickt die guten Jacken,
Die so erquicklich für den Nacken;
Denn draußen wehen raue Winde. –
Sie fertigt auch die warme Binde;
Denn diese ist für kalte Mägen
Zur Winterszeit ein wahrer Segen. –
Sie pflegt mit herzlichem Pläsier
Sogar den fränk'schen Offizier,
Der noch mit mehren dieses Jahr
Im Deutschen Reiche sesshaft war. –

Besonders aber tat ihr Leid
Der armen Leute Bedürftigkeit. –
Und da der Arzt mit Ernst geraten,
Den Leib in warmem Wein zu baden,

So tut sie's auch.

Oh, wie erfreut
Ist nun die Schar der armen Leut',
Die, sich recht innerlich zu laben,
Doch auch mal etwas Warmes haben.

Elftes Kapitel

GEISTLICHER RAT

Viel Freude macht, wie männiglich bekannt,
Für Mann und Weib der heilige Ehestand!
Und lieblich ist es für den Frommen,
Der die Genehmigung dazu bekommen,
Wenn er sodann nach der üblichen Frist
Glücklicher Vater und Mutter ist. –
– Doch manchmal ärgert man sich bloß,
Denn die Ehe bleibt kinderlos. –

– Dieses erfuhr nach einiger Zeit
Helene mit großer Traurigkeit. -

Nun wohnte allda ein frommer Mann,
Bei Sankt Peter dicht nebenan,
Von Frau'n und Jungfrau'n weit und breit
Hochgepriesen ob seiner Gelehrsamkeit. -
(Jetzt war er freilich schon etwas kränklich.)

„O meine Tochter!" – sprach er bedenklich –
„Dieses ist ein schwierig' Kapitel;
Da helfen allein die geistlichen Mittel!
Drum, meine Beste, ist dies mein Rat:
Schreite hinauf den steilen Pfad
Und folge der seligen Pilgerspur
Gen Chosemont de bon secours,
Denn dorten, berühmt seit alter Zeit,
Stehet die Wiege der Fruchtbarkeit.
Und wer allda sich hinverfügt,
Und wer allda die Wiege gewiegt,
Der spürete bald nach selbigter Fahrt,
Dass die Geschichte anders ward.

Solches hat noch vor etzlichen Jahren
Leider Gotts! eine fromme Jungfer erfahren,
Welche, indem sie bis dato in diesen
Dingen nicht sattsam unterwiesen,
Aus Unbedacht und kindlichem Vergnügen
Die Wiege hat angefangen zu wiegen. –
Und ob sie schon nur ein wenig gewiegt,
Hat sie dennoch ein ganz kleines Kind gekriegt. –

Auch kam da ein frecher Pilgersmann,
Der rühret aus Vorwitz die Wiegen an.
Darauf nach etwa etzlichen Wochen,
Nachdem er dieses verübt und verbrochen,

Und – Doch, meine Liebe, genug für heute!
Ich höre, dass es zur Metten läute.
Addio! Und – Trost sei Dir beschieden!
Zeuge hin in Frieden!"

Zwölftes Kapitel

DIE WALLFAHRT

Hoch von gnadenreicher Stelle
Winkt die Schänke und Kapelle. –

Aus dem Tale zu der Höhe,
In dem seligen Gedränge
Andachtsvoller Christenmenge
Fühlt man froh des andern Nähe;

Denn hervor aus Herz und Munde,
Aus der Seele tiefstem Grunde
Haucht sich warm und innig an
Pilgerin und Pilgersmann. –

Hier vor allen, schuhbestaubt,
Warm ums Herze, warm ums Haupt,
Oft erprobt in ernster Kraft,
Schreitet die Erzgebruderschaft.

Itzo kommt die Jungferngilde,
Auf den Lippen Harmonie, –
In dem Busen Engelsmilde,
In der Hand das Paraplü. –

Oh, wie lieblich tönt der Chor!
Bruder Jochen betet vor. –

Aber dort im Sonnenscheine
Geht Helene traurig-heiter,
Sozusagen, ganz alleine,

Denn ihr einziger Begleiter,
Stillverklärt im Sonnenglanz,
Ist der gute Vetter Franz,
Den seit kurzem die Bekannten
Nur den „heil'gen“ Franz benannten. –
Traulich wallen sie zu zweit
Als zwei fromme Pilgersleut.

Gott sei Dank, jetzt ist man oben!
Und mit Preisen und mit Loben
Und mit Eifer und Bedacht
Wird das Nötige vollbracht.

Freudig eilt man nun zur Schänke,
Freudig greift man zum Getränke,
Welches schon seit langer Zeit
In des Klosters Einsamkeit
Ernstbesonnen, stillvertraut,
Bruder Jakob öfters braut.

Hierbei schaun sich innig an
Pilgerin und Pilgersmann.

Endlich nach des Tages Schwüle
Naht die sanfte Abendkühle.

In dem gold'nen Mondenscheine
Geht Helene froh und heiter,
Sozusagen, ganz alleine,
Denn ihr einziger Begleiter,
Stillverklärt im Mondesglanz,
Ist der heil'ge Vetter Franz.
Traulich ziehn sie heim zu zweit
Als zwei gute Pilgersleut. –

Doch die Erzgebruderschaft
Nebst den Jungfern tugendhaft,
Die sich etwas sehr verspätet,
Kommen jetzt erst angebetet.
Oh, wie lieblich tönt der Chor!
Bruder Jochen betet vor.

Schau, da kommt von ungefähr
Eine Droschke noch daher. –

Er, der diese Droschke fuhr,
Frech und ruchlos von Natur,
Heimlich denkend: papperlapp!
Tuet seinen Hut nicht ab. –

Weh! Schon schaun ihn grollend an
Pilgerin und Pilgersmann. –
Zwar der Kutscher sucht mit Klappen
Anzuspornen seinen Rappen,

Aber Jochen schiebt die lange
Jungfernbundesfahnenstange
Durch die Hinterräder quer –

Schrupp! – und's Fuhrwerk geht nicht mehr. –

Bei den Beinen, bei dem Rocke
Zieht man ihn von seinem Bocke;

Jungfer Nanni mit der Krücke
Stößt ihn häufig ins Genicke.
Aber Jungfer Adelheid
Treibt die Sache gar zu weit,

Denn sie sticht in Kampfeshitze
Mit des Schirmes scharfer Spitze;

Und vor Schaden schützt ihn bloß
Seine warme Lederhos'. –

Drauf so schaun sich fröhlich an
Pilgerin und Pilgersmann,
Fern verklingt der Jungfernchor,
Bruder Jochen betet vor. –

Doch der böse Kutscher, dem
Alles dieses nicht genehm,

Meldet eilig die Geschichte
Bei dem hohen Stadtgerichte.
Dieses ladet baldigst vor
Jochen und den Jungfernchor.

Und das Urteil wird gesprochen:
Bruder Jochen kriegt drei Wochen,
Aber Jungf- und Bruderschaften
Sollen für die Kosten haften. –

Ach! Da schaun sich traurig an
Pilgerin und Pilgersmann.

Dreizehntes Kapitel

DIE ZWILLINGE

Wo kriegten wir die Kinder her,
Wenn Meister Klapperstorch nicht wär?

Er war's, der Schmöcks in letzter Nacht
Ein kleines Zwillingspaar gebracht.

Der Vetter Franz, mit mildem Blick,
Hub an und sprach: „Oh, welches Glück!
Welch' kleine, freundliche Kollegen!
Das ist fürwahr zwiefacher Segen!
Drum töne zwiefach Preis und Ehr!
Herr Schmöck, ich gratuliere sehr!“

Bald drauf um zwölf kommt Schmöck herunter,
So recht vergnügt und frisch und munter.

Und emsig setzt er sich zu Tische,
Denn heute gibt's Salat und Fische.

Autsch! – Eine Gräte kommt verquer,
Und Schmöck wird blau und hustet sehr;

Und hustet, bis ihm der Salat
Aus beiden Ohren fliegen tat.

Bums! Da! Er schließt den Lebenslauf.
Der Jean fängt schnell die Flasche auf.

„Oh!“ – sprach der Jean – „es ist ein Graus!
Wie schnell ist doch das Leben aus!“

Vierzehntes Kapitel

EIN TREULOSER FREUND

„O Franz!“ – spricht Lene – und sie weint -
„O Franz! Du bist mein einz'ger Freund!“
„Ja!“ – schwört der Franz mit mildem Hauch –
„Ich war's, ich bin's und bleib' es auch!

Nun gute Nacht! Schon tönt es zehn!
Will's Gott! Auf baldig Wiedersehn!“

Die Stiegen steigt er sanft hinunter. –
Schau, schau! Die Kathi ist noch munter.

Das freut den Franz. – Er hat nun mal
'n Hang fürs Küchenpersonal.

Der Jean, der heimlich näher schlich,
Bemerkt die Sache zorniglich.

Von großer Eifersucht erfüllt,
Hebt er die Flasche rasch und wild.

Und – Kracks! es dringt der scharfe Schlag
Bis tief in das Gedankenfach.

's ist aus! – Der Lebensfaden bricht. –
Helene naht. – Es fällt das Licht. –

Fünfzehntes Kapitel

DIE REUE

Ach, wie ist der Mensch so sündig! -
Lene, Lene! Gehe in dich! –

Und sie eilet tieferschüttert
Zu dem Schranke schmerzdurchzittert.

Fort! Ihr falschgesinnten Zöpfe,
Schminke und Pomadetöpfe!

Fort! Du Apparat der Lüste,
Hochgewölbtes Herzgerüste!

Fort vor allem mit dem Übel
Dieser Lust- und Sündenstiebel!

Trödelkram der Eitelkeit,
Fort, und sei der Glut geweiht!

O wie lieblich sind die Schuhe
Demutsvoller Seelenruhe!

Sieh, da geht Helene hin,
Eine schlanke Büßerin!

Sechzehntes Kapitel

VERSUCHUNG UND ENDE

Es ist ein Brauch von alters her
Wer Sorgen hat, hat auch Likör!

„Nein!“ – ruft Helene – „Aber nun
Will ich's auch ganz – und ganz – und ganz –
und ganz gewiss nicht wieder tun!“

Sie kniet von ferne fromm und frisch.
Die Flasche stehet auf dem Tisch.

Es lässt sich knien auch ohne Pult.
Die Flasche wartet mit Geduld.

Man liest nicht gerne weit vom Licht.
Die Flasche glänzt und rührt sich nicht.

Oft liest man mehr als wie genug.
Die Flasche ist kein Liederbuch.

Gefährlich ist des Freundes Nähe.
O Lene, Lene! Wehe, wehe!

O sieh! – Im sel'gen Nachtgewande
Erscheint die jüngstverstorb'ne Tante.

Mit geisterhaftem Schmerzgetöne -
„Helene!" – ruft sie – „Oh, Helene!!!"

Umsonst! – Es fällt die Lampe um,
Gefüllt mit dem Petroleum.

Und hilflos und mit Angstgewimmer
Verkohlt dies fromme Frauenzimmer.

Hier sieht man ihre Trümmer rauchen,
Der Rest ist nicht mehr zu gebrauchen.

Siebzehntes Kapitel

TRIUMPH DES BÖSEN

Hu! Draußen welch ein schrecklich Grausen!
Blitz, Donner, Nacht und Sturmesbrausen! -

Schon wartet an des Hauses Schlote
Der Unterwelt geschwänzter Bote.

Zwar Lenens guter Genius
Bekämpft den Geist der Finsternus,

Doch dieser kehrt sich um und packt
Ihn mit der Gabel zwiegezackt.

O weh, o weh! Der Gute fällt!
Es siegt der Geist der Unterwelt.

Er fasst die arme Seele schnelle

Und fährt mit ihr zum Schlund der Hölle.

Hinein mit ihr! - Huhu! Haha!
Der heil'ge Franz ist auch schon da.

SCHLUSS

Als Onkel Nolte dies vernommen,
War ihm sein Herze sehr beklommen.

Doch als er nun genug geklagt :
„Oh!“ – sprach er – „Ich hab's gleich gesagt!

Das Gute – dieser Satz steht fest -
Ist stets das Böse, was man lässt!

Ei, ja! – Da bin ich wirklich froh!
Denn, Gott sei Dank! ich bin nicht so!!“

Fipps, der Affe

-1879-

ANFANG

Pegasus, du alter Renner,
Trag mich mal nach Afrika,
Alldieweil so schwarze Männer
Und so bunte Vögel da.

Kleider sind da wenig Sitte;
Höchstens trägt man einen Hut,
Auch wohl einen Schurz der Mitte;
Man ist schwarz und damit gut. –

Dann ist freilich jeder bange,
Selbst der Affengreis entfleucht,
Wenn die lange Brillenschlange
Zischend von der Palme kreucht.

Kröten fallen auf den Rücken,
Ängstlich wird das Bein bewegt;
Und der Strauß muss heftig drücken,
Bis das große Ei gelegt.

Krokodile weinen Tränen,
Geier sehen kreischend zu;
Sehr gemein sind die Hyänen;
Schäbig ist der Marabu.

Nur die Affen, voller Schnaken,
Haben Vor- und Hinterhand;
Emsig mümmeln ihre Backen;
Gerne hockt man beieinand.

Papa schaut in eine Stelle,
Onkel kratzt sich sehr geschwind,
Tante kann es grad so schnelle,
Mama untersucht das Kind,

Fipps – so wollen wir es nennen –
Aber wie er sich betrug,
Wenn wir ihn genauer kennen,
Ach, das ist betrübt genug. –

Selten zeigt er sich beständig,
Einmal hilft er aus der Not;
Anfangs ist er recht lebendig,
Und am Schlusse ist er tot.

ERSTES KAPITEL

Der Fipps, das darf man wohl gestehn,
Ist nicht als Schönheit anzusehn.
Was ihm dagegen Wert verleiht,
Ist Rührig- und Betriebsamkeit.

Wenn wo was los, er darf nicht fehlen;
Was ihm beliebt, das muss er stehlen;
Wenn wer was macht, er macht es nach;
Und Bosheit ist sein Lieblingsfach.

Es wohnte da ein schwarzer Mann,
Der Affen fing und briet sie dann.

Besonders hat er junge gern,
Viel lieber als die ältern Herrn.
„Ein alter Herr ist immer zäh!“
So spricht er oft und macht „Bebä!“

Um seine Zwecke zu erfüllen,
Wählt er drei leere Kürbishüllen.

Für auf den Kopf die große eine,
Für an die Hände noch zwei kleine.

So kriecht er in ein Bündel Stroh,
Macht sich zurecht und wartet so. –

Dies hat nun allerdings den Schein,
Als ob hier schöne Früchte sein.

Fipps, der noch nie so große sah,
Kaum sieht er sie, so ist er da.

Er wählt für seinen Morgenschmaus
Sich gleich die allergrößte aus.

Doch wie er oben sich bemüht,
Erfasst ihn unten wer und zieht,
Bis dass an jeder Hinterhand
Ringsum ein Kürbis sich befand.

So denkt ihn froh und nach Belieben
Der böse Mann nach Haus zu schieben.

An dieses Mannes Nase hing
Zu Schmuck und Zier ein Nasenring.
Fipps fasst den Reif mit seinem Schweif.
Der Schwarze wird vor Schrecken steif.

Die Nase dreht sich mehre Male
Und bildet eine Qualspirale.

Jetzt biegt der Fipps den langen Ast,
Bis er den Ring der Nase fasst.

Dem Neger wird das Herze bang,
Die Seele kurz, die Nase lang.

Am Ende gibt es einen Ruck,
Und oben schwebt der Nasenschmuck.
Der Schwarze aber aß seit dieser
Begebenheit fast nur Gemüser.

ZWEITES KAPITEL

Natürlich lässt Fipps die ekligen Sachen,
Ohne neidisch zu sein, von anderen machen.
Dagegen aber, wenn einer was tut,
Was den Anschein hat, als tät es ihm gut,
Gleich kommt er begierig und hastig herbei,
Um zu prüfen, ob's wirklich so angenehm sei.

Mal saß er an des Ufers Rand
Auf einer Palme, die dorten stand.
Ein großes Schiff liegt auf dem Meer;
Vom Schiffe schaukelt ein Kahn daher.

Im kleinen Kahn da sitzt ein Mann,
Der hat weder Schuhe noch Stiefel an;

Doch vor ihm steht ganz offenbar
Ein großes und kleines Stiefelpaar.
Das kleine, das er mit sich führt,
Ist innen mit pappigem Pech beschmiert;

Und wie der Mann an das Ufer tritt,
Bringt er die zwei Paar Stiefel mit.

Er trägt sie sorglich unter dem Arm
Und jammert dabei, dass es Gott erbarm.
Kaum aber ziehet der Trauermann

Sich einen von seinen Stiefeln an,
So mildern sich schon ganz augenscheinlich
Die Schmerzen, die noch vor kurzem so peinlich,

Und gar bei Stiefel Numero zwei
Zeigt er sich gänzlich sorgenfrei.

Dann sucht er in fröhlichem Dauerlauf
Den kleinen Nachen wieder auf
Und lässt aus listig bedachtem Versehn
Das kleine Paar Stiefel am Lande stehn.

Ratsch, ist der Fipps vom Baum herunter,
Ziehet erwartungsvoll und munter

Die Stiefel an seine Hinterglieder,
Und schau! Der lustige Mann kommt wieder.

O weh! Die Stiefel an Fippsens Bein
Stören die Flucht. Man holt ihn ein.

Der Schiffer geht in den Kahn mit ihm.
Vergebens strampelt er ungestüm,

Zum Schiffe schaukelt und strebt der Kahn,
Das Schiff fährt über den Ozean,
Und selbiger Mann (er schrieb sich Schmidt)
Nimmt Fipps direkt nach Bremen mit.

DRITTES KAPITEL

Zu Bremen lebt gewandt und still
Als ein Friseur der Meister Krüll,
Und jedermann in dieser Stadt,
Wer Haare und wer keine hat,
Geht gern zu Meister Krüll ins Haus
Und kommt als netter Mensch heraus.

Auch Schmidt lässt sich die Haare schneiden.
Krüll sieht den Affen voller Freuden,
Er denkt: „Das wäre ja vor mir
Und meine Kunden ein Pläsier.“

Und weil ihn Schmidt veräußern will,
So kauft und hat ihn Meister Krüll.

Es kam mal so und traf sich nun,
Dass Krüll, da anders nichts zu tun,
In Eile, wie er meistens tat,
Das Seitenkabinett betrat.

Wo er die Glanzpomade kocht,
Perücken baut und Zöpfe flocht,
Kurz, wo die kunstgeübte Hand
Vollendet, was der Geist erfand.

Zur selben Zeit erscheint im Laden,
Mit dünnem Kopf und dicken Waden,

Der schlichtbehaarte Bauer Dümmel,
Sitzt auf dem Sessel, riecht nach Kümmel
Und hofft getrost, dass man ihn schere,
Was denn auch wirklich nötig wäre.

Wipps!, sitzt der Fipps auf seinem Nacken,
Um ihm die Haare abzuzwacken.

Die Schere zwickt, die Haare fliegen;
Dem Dümmel macht es kein Vergnügen.

Oha!, das war ein scharfer Schnitt,
Wodurch des Ohres Muschel litt.

„Hör upp!“, schreit Dümmel schmerzensbange,
Doch schon hat Fipps die Kräuselzange.

Das Eisen glüht, es zischt das Ohr,
Ein Dampfgewölk steigt draus hervor.

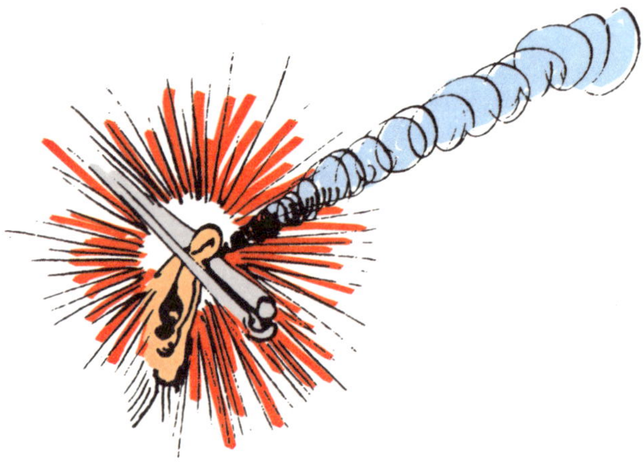

Die Schönheit dieser Welt verschwindet
Und nur der Schmerz zieht, bohrt und mündet
In diesen einen Knotenpunkt,

Den Dümmel hier ins Wasser tunkt. –

Der Meister kommt. – Hoch schwingt die Rechte,
Wie zum Gefechte, eine Flechte.

Der Spiegel klirrt, die Hand erlahmt;
Der Meister Krüll ist eingerahmt.

„Mir scheint, ich bin hier unbeliebt!“
Denkt Fipps, der sich hinwegbegibt.

VIERTES KAPITEL

Dämm’rung war es, als Adele
Mit dem Freunde ihrer Seele,
Der so gerne Pudding aß,
Traulich bei der Tafel saß.
„Pudding“, sprach er, „ist mein Bestes!“
Drum zum Schluss des kleinen Festes

Steht der wohlgeformte große
Pudding mit der roten Sauce
Braun und lieblich duftend da,
Was der Freund mit Wonne sah.
Aber, ach du meine Güte,
Plötzlich stockt das Herzgeblüte. -

Angelockt von Wohlgerüchen
Hat sich Fipps herbeigeschlichen,
Um mit seinen gier'gen Händen
Diesen Pudding zu entwenden,
Hergestellt mit großem Fleiß.

Ätsch! Die Sache ist zu heiß! –

Ärgerlich ist solche Hitze.
Schlapp!, der Freund hat eine Mütze
Tief bis über beide Backen.

Platsch!, und in Adelens Nacken,
Tief bis unten in das Mieder,
Rinnt die rote Sauce nieder.

So wird oft die schönste Stunde
In der Liebe Seelenbunde
Durch Herbeikunft eines Dritten
Mitten durch- und abgeschnitten;
Und im Innern wehmutsvoll
Tönt ein dumpfes: kolleroll!

FÜNFTES KAPITEL

Für Fipps wird es dringende Essenszeit. –

Mit fröhlicher Gelenkigkeit
Durch eine Seitengasse entflieht er
Und schleicht in den Laden von einem Konditer.

Da gibt es schmackhafte Kunstgebilde,
Nicht bloß härtliche, sondern auch milde;
Da winken Krapfen und Mohrenköpfe,
Künstlich geflochtene Brezen und Zöpfe,
Auch sieht man da für gemischtes Vergnügen
Mandeln, Rosinen et cetera liegen. –

„Horch!“, ruft voll Sorge Konditer Köck,
„Was rappelt da zwischen meinem Gebäck?!“

Die Sorge wandelt sich in Entsetzen,
Denn da steht Fipps mit Krapfen und Brezen.

Die Brezen trägt er in einer Reih
Auf dem Schwanz, als ob es ein Stecken sei,
Und aufgespießt, gleich wie auf Zapfen,
An allen vier Daumen sitzen die Krapfen.

Zwar Köck bemüht sich, dass er ihn greife
Hinten bei seinem handlichen Schweife,

Doch, weil er soeben den Teig gemischt,
So glitscht er ab und der Dieb entwischt.

Nichts bleibt ihm übrig als lautes Gebröll,
Und grad kommt Mieke, die alte Mamsell.

Unter hellem Gequieke fällt diese Gute
Platt auf die Steine mit Topf und Tute.
Durch ihre Beine eilt Fipps im Sprunge.
Ihn wirft ein schwärzlicher Schusterjunge

Mit dem Stulpenstiefel, der frisch geschmiert,
Sodass er die schönen Krapfen verliert.

Auch wartet ein Bettelmann auf der Brücken
Mit einem Buckel und zween Krücken.

Derselbe verspürt ein großes Verlangen,
Die Brezeln vermittels der Krücke zu fangen.

Dies kommt ihm aber nicht recht zu nütze,
Denn Fipps entzieht ihm die letzte Stütze. –
Da liegt er nun, wie ein Käfer, am Rücken –

Fipps aber begibt sich über die Brücken
Und eilet gar sehr beängstigt und matt
Mit der letzten Brezel aus dieser Stadt. –

Schon ist es dunkel und nicht geheuer.
Er schwingt sich über ein Gartengemäuer.
Hier hofft er auf angenehm nächtliche Ruh. –

Klapp! schnappt die eiserne Falle zu. –

Sofort tritt aus dem Wohngebäude
Ein Herr und äußert seine Freude.

„Aha!“, so ruft er, „du bist wohl der,
Der Hühner stiehlt? Na, denn komm her!!“

Hiermit schiebt er ihn vergnüglich
In einen Sack. Und unverzüglich

Ohne jede weitre Besichtigung
Beginnt er die schmerzhafte Züchtigung.

Drauf schließt er ihn für alle Fälle
In einen der leeren Hühnerställe.

Damit er am andern Morgen sodann
Diesen Bösewicht näher besichtigen kann.

SECHSTES KAPITEL

Wer vielleicht zur guten Tat
Keine rechte Neigung hat,
Dem wird Fasten und Kastein
Immerhin erfrischend sein. –

Als der Herr von gestern Abend,
Fest und wohl geschlafen habend,
(Er heißt nämlich Doktor Fink)
Morgens nach dem Stalle ging,
Um zu sehn, wen er erhascht –
Ei, wie ist er überrascht,
Als bescheiden, sanft und zahm,
Demutsvoll und lendenlahm,

Fipps aus seinem Sacke steigt,
Näher tritt und sich verneigt.

Lächelnd reicht Frau Doktorin
Ihm den guten Apfel hin,
Und das dicke, runde, fette,
Nette Kindermädchen Jette
Mit der niedlichen Elise,
Ei, herrje, wie lachten diese. –

Zwei nur finden's nicht am Platze;
Schnipps der Hund und Gripps die Katze,

Die nicht ohne Missvertrauen
Diesen neuen Gast beschauen.

Fipps ist aber recht gelehrig
Und beträgt sich wie gehörig.

Morgens früh, so flink er kann,
Steckt er Fink die Pfeife an.
Fleißig trägt er dürre Reiser,
Ja, Kaffee zu mahlen weiß er,
Und sobald man musiziert,
Horcht er still, wie sich's gebührt.
Doch sein innigstes Vergnügen
Ist Elisen sanft zu wiegen,
Oder, falls sie mal verdrossen,
Zu erfreun durch schöne Possen.
Kurz, es war sein schönster Spaß,
Wenn er bei Elisen saß. –

Dafür kriegt er denn auch nun
Aus verblümten Zitzkattun
Eine bunte und famose
Hinten zugeknöpfte Hose;
Dazu, reizend von Geschmack,
Einen erbsengrünen Frack;

Und so ist denn gegenwärtig
Dieser hübsche Junge fertig.

SIEBENTES KAPITEL

Elise schläft in ihrer Wiegen.
Fipps passt geduldig auf die Fliegen.
Indessen denkt die runde Jette,
Was sie wohl vorzunehmen hätte;
Sieht eine Wespe, die verirrt
Am Fenster auf- und niederschwirrt,

Und treibt das arme Stacheltier
In eine Tute von Papier.

Sanft lächelnd reicht sie ihm die Tute,
Damit er Gutes drin vermute.

Er öffnet sie geschickt und gern,
Denn jeder Argwohn liegt ihm fern.

Schnurr pick! Der Stachel sitzt im Finger.
Der Schmerz ist gar kein so geringer.

Doch Fipps hat sich alsbald gefasst,
Zermalmt das Ding, was ihm verhasst,

Setzt sich dann wieder an die Wiegen
Und passt geduldig auf die Fliegen. –

Vor allem eine ist darunter,
Die ganz besonders frech und munter.
Jetzt sitzt sie hier, jetzt summt sie da,
Bald weiter weg, bald wieder nah.

Jetzt krabbelt sie auf Jettens Jacke,

Jetzt wärmt sie sich auf Jettens Backe.
Das gute Kind ist eingenickt.

Kein Wunder, wenn sie nun erschrickt,

Denn, schlapp! die Fliege traf ein Hieb,

Woran sie starb und sitzen blieb. –

Fipps aber hockt so friedlich da,
Als ob dies alles nicht geschah,
Und schließet seine Augen zu
Mit abgefeimter Seelenruh.

ACHTES KAPITEL

Kaum hat mal einer ein bissel was,
Gleich gibt es welche, die ärgert das. –

Fipps hat sich einen Knochen stibitzt,
Wo auch noch ziemlich was drannen sitzt.

Neidgierig hocken im Hintergrund
Gripps der Kater und Schnipps der Hund.

Wauwau! Sie sausen von ihrem Platze.
Happs! macht der Hund, kritzekratze! die Katze;
Dass Fipps in ängstlichem Seelendrang

Eilig auf einen Schrank entsprang,
Allwo man aufbewahren tät
Mancherlei nützliches Handgerät.

Und Gripps der Kater und Schnipps der Hund
Schleichen beschämt in den Hintergrund.
Fipps aber knüpft mit der Hand gewandt
Den Knochen an ein Band, das er fand,

Und schlängelt dasselbe voller List
Durch einen Korb, welcher löchricht ist.

Sogleich folgt Gripps dem Bratengebein

Bis tief in das Korbgeflecht hinein.

Schwupp! hat ihn der Fipps drin festgedrückt,
Und mit der Zange, die beißt und zwickt,
Entfernt er sorgsam die scharfen Klauen.

Ach, wie so kläglich muss Gripps miauen,
Denn grade in seinen Fingerspitzen
Hat er die peinlichsten Nerven sitzen.

Jetzt wird auch noch der Schweif gebogen
Und durch des Korbes Henkel gezogen.
Mit einer Klammer versieht er ihn,
Damit er nicht leichtlich herauszuziehn.
Schnipps der Hund schnappt aber derweilen
Den Knochen und möchte von dannen eilen.

Dieses gelingt ihm jedoch nicht ganz,
Denn Fipps erwischt ihn bei seinem Schwanz

Und schwingt ihn solchermaßen im Kreis,
Bis er nichts Gescheits mehr zu denken weiß.

Hiernach, gewissermaßen als Schlitten,
Zieht er ihn durch des Hofes Mitten

Und lässt ihn dorten mal soeben
Über dem Abgrund des Brunnens schweben,
Wo ein schwäch- und ängstlich Gemüt
Nur ungern hängt und hinuntersieht.

Drauf so führt er ihn hinten nach
An des Daches Rinne bis auf das Dach

Und lehnt ihn über den Schlot allhier.
Daraus gehet ein merklicher Dampf herfür. –

Dem Auge höchst peinlich ist der Rauch,
Auch muss man niesen und husten auch,
Und schließlich denkt man nichts weiter als bloß:
„Jetzt wird's mir zu dumm und ich lasse los!“

So wird dieser Rauch immer stärker und stärker,
Schnipps fällt rücküber und auf den Erker,

Und Gripps, der gerad aus der Luke fährt,
Fühlt plötzlich, ihm wird der Korb beschwert.

Hulterpulter, sie rumpeln in großer Hast
Vom Dach und baumeln an einem Ast.

Hier trennt man sich nicht ohne Pein

Und jeder ist wieder

Für sich allein.

Seitdem ward Fipps von diesen zween
Als Meister verehrt und angesehn.

NEUNTES KAPITEL

Mit Recht erscheint uns das Klavier,
Wenn's schön poliert, als Zimmerzier.
Ob's außerdem Genuss verschafft,
Bleibt hin und wieder zweifelhaft.

Auch Fipps fühlt sich dazu getrieben,
Die Kunst in Tönen auszuüben.

Er zeigt sich wirklich recht gewandt,
Selbst mit der linken Hinterhand.

Und braucht er auch die Rechte noch,
Den Apfel, den genießt er doch.

Zu Kattermäng gehören zwei,
Er braucht sich bloß allein dabei.

Piano klingt auf diese Weise
Besonders innig, weich und leise.

Jetzt stimmen ein mit Herz und Mund
Der Kater Gripps und Schnipps der Hund.

Bei dem Duett sind stets zu sehn
Zwei Mäuler, welche offen stehn.

Oft wird es einem sehr verdacht,
Wenn er Geräusch nach Noten macht.

Der Künstler fühlt sich stets gekränkt,
Wenn's anders kommt, als wie er denkt.

ZEHNTES KAPITEL

Wöhnlich im Wechselgespräch
beim angenehm schmeckenden Portwein
Saßen Professor Klöhn und Fink, der würdige Doktor.
Aber jener beschloss, wie folgt, die belehrende Rede:
„. . . Oh, verehrtester Freund!
Nichts gehet doch über die hoheWeisheit der Mutter Natur. -
Sie erschuf ja so mancherlei Kräuter,

Harte und weiche zugleich,
doch letztere mehr zu Gemüse.

Auch erschuf sie die Tiere,
erfreulich, harmlos und nutzbar;
Hüllte sie außen in Häute, woraus man Stiefel
verfertigt,
Füllte sie innen mit Fleisch
von sehr beträchtlichem Nährwert;
Aber erst ganz zuletzt, damit er es dankend benutze,
Schuf sie des Menschen Gestalt und
verlieh ihm die Öffnung des Mundes.

Aufrecht stehet er da,
und alles erträgt er mit Würde."

Also sprach der Professor,
erhub sich und setzte den Hut auf.

Wehe, die Nase hernieder,
ins Mundloch rieselt die Tinte.

Wehe, durch Gummi verklebt,
fest haftet das nützliche Sacktuch.

Drohend mit Zorngebärde erhebt
er den schlanken Spazierstock.

Autsch! Ein schmerzlich Geflecht
umschlingt den schwellenden Daumen.

Hastig begibt er sich fort;
indessen die Würde ist mäßig.

ELFTES KAPITEL

Wie gewöhnlich liest die Jette
Wieder nachts in ihrem Bette.
Auf dem Kopf hat sie die Haube,
In der Hand die Gartenlaube.
Hieran will sie sich erfreun,

Duselt, nickt und schlummert ein.
An das Unschlittkerzenlicht
Daran freilich denkt sie nicht. –
Erst brennt nur die Zeitungsecke

Dann der Vorhang, dann die Decke.
Schließlich brennt das ganze Haus;

Unten läuft man schon heraus. –

Vater Fink, er läuft nicht schlecht,
Trägt den treuen Stiefelknecht.

Mutter Fink, besorgt vor allen,
Rettet ihre Mäusefallen.

Jette schwebt vom Fensterrand;
Sie ist etwas angebrannt.

Doch sie sinkt ins Regenfass,

Wo es drinnen kühl und nass. –

Also sicher wären diese. –

Aber ach, wo ist Elise??!

Seht nach oben! Fipps, der Brave,
Hält das Kind, was fest im Schlafe.

Aus dem Fenster, hoch im Raume,
Schwingt er sich zum nächsten Baume.

Höchst besorgt wie eine Amme,
Rutscht er abwärts an dem Stamme.

Sanft legt er Elisen nieder.
Sie hat ihre Eltern wieder;
Und die Flasche steht dabei,
Falls Elise durstig sei. –

ZWÖLFTES KAPITEL

Fink hat versichert, Gott Lob und Dank!
Bei der Aachener Feuerversicherungs-Bank,
Und – nach zwei Jahren so ungefähr –
Wohnt er weit schöner als wie vorher.

Fipps natürlich, der hat es seitdem
In jeder Hinsicht sehr angenehm. –

Dies aber wird ihm im höchsten Grad
Unerträglich und wirklich fad.
Denn, leider Gottes, so ist der Schlechte,
Dass er immer was anderes möchte,
Auch hat er ein höchst verruchtes Gelüst,
Grad so zu sein, wie er eben ist.

Mal traf es sich, dass die Familie Fink
Zusammen aus- und spazierenging,
Um nebst Besorgung von anderen Sachen
Professor Klöhn einen Besuch zu machen. –

Fipps sehnt sich förmlich nach bösen Streichen.
Sein Plan steht fest. Er will entweichen.

Schon ist er im Feld. Die Hasen fliehn.
Einen Wanderer sieht man des Weges ziehn.

Sehr heftig erschrickt der Wandersmann.
Die Töpfersfrau geht still voran.

Zuweilen fällt das Topfgeschirr,
Und dann zerbricht es mit großem Geklirr.
In jenem Haus da, so fügt's der Himmel,
Wohnt grad der bewusste Bauer Dümmel;

Und Dümmels Küchlein piepsen bang,
Denn Fipps zieht ihnen die Hälse lang.

Da steht auch Dümmels kleiner Sohn
Mit dem Butterbrot. –

Fipps hat es schon.

Des kleinen Dümmels durchdringender Schrei
Lockt seine erschrockene Mutter herbei.

Mit den Schreckensworten: „Da kummt de Dübel!!“
Fällt sie in einen dastehenden Kübel.
Doch Dümmel schreit und kennt ihn gleich wieder:
„Dat is de verdammtige Haresnieder!“

Schnell fasst er die Flinte, ein Schießeding,
Was da seit Anno funfzehn hing.

Auch versammeln sich eilig von jeglicher Seite
Die Nachbarsleute, gerüstet zum Streite.

Sie alle machen großmächtige Schritte,

Und plötzlich ruft einer: „Kiek, kiek, da sitt'e!“
Jetzt harrt ein jeglicher ängstlich und stumm.

Dümmel legt an. – Er zielt.– Er drückt. –

Dann geht es: Wumm!!
Groß ist der Knall und der Rückwärtsstoß,
Denn jahrelang ging diese Flinte nicht los.

ENDE

Wehe! Wehe! Dümmel zielte wacker.
Fipps muss sterben, weil er so ein Racker. –

Wie durch Zufall kommen alle jene,
Die er einst gekränkt, zu dieser Szene.
Droben auf Adelens Dienersitze
Thront der Schwarze mit dem Nasenschlitze.
Mieke, Krüll und Köck mit seinem Bauch,
Wandrer, Töpfersfrau, der Bettler auch;
Alle kommen; doch von diesen allen
Lässt nicht einer eine Träne fallen.
Auch ist eine solche nicht zu sehn
In dem Auge von Professor Klöhn,
Der mit Fink und Frau und mit Elisen
Und mit Jetten wandelt durch die Wiesen.
Nur Elise fasste Fippsens Hand,
Während ihr das Aug voll Tränen stand.
„Armer Fipps!“ so spricht sie herzig treu.
Damit stirbt er. Alles ist vorbei.

Man begrub ihn hinten in der Ecke,
Wo in Finkens Garten an der Hecke
All die weißen Doldenblumen stehn.
Dort ist, sagt man, noch sein Grab zu sehn.
Doch, dass Kater Gripps und Schnipps der Hund
Ganz untröstlich, sagt man ohne Grund.

Plisch und Plum

-1882-

ERSTES KAPITEL

Eine Pfeife in dem Munde,
Unterm Arm zwei junge Hunde
Trug der alte Kaspar Schlich. –
Rauchen kann er fürchterlich.
Doch, obschon die Pfeife glüht,
Oh, wie kalt ist sein Gemüt!

„Wozu" – lauten seine Worte –
„Wozu nützt mir diese Sorte?
Macht sie mir vielleicht Pläsier?
Einfach nein! erwidr' ich mir.
Wenn mir aber was nicht lieb,
Weg damit! ist mein Prinzip."

An dem Teiche steht er still,
Weil er sie ertränken will.
Ängstlich strampeln beide kleinen
Quadrupeden mit den Beinen;
Denn die innre Stimme spricht:
Der Geschichte trau' ich nicht! –

Hubs! fliegt einer schon im Bogen.

Plisch!, da glitscht er in die Wogen.

Hubs! der zweite hinterher.

Plum!!, damit verschwindet er.

„Abgemacht!“ rief Kaspar Schlich,
Dampfte und entfernte sich.
Aber hier, wie überhaupt,
Kommt es anders, als man glaubt.

Paul und Peter, welche grade
Sich entblößt zu einem Bade,
Gaben stillverborgen Acht,
Was der böse Schlich gemacht.

Hurtig und den Fröschen gleich
Hupfen beide in den Teich.

Jeder bringt in seiner Hand
Einen kleinen Hund ans Land.

„Plisch“ – rief Paul - „so nenn' ich meinen.“
Plum – so nannte Peter seinen.

Und so tragen Paul und Peter
Ihre beiden kleinen Köter
Eilig, doch mit aller Schonung,
Hin zur elterlichen Wohnung.

ZWEITES KAPITEL

Papa Fittig, treu und friedlich,
Mama Fittig, sehr gemütlich,
Sitzen, Arm in Arm geschmiegt,
Sorgenlos und stillvergnügt
Kurz vor ihrem Abendschmause
Noch ein wenig vor dem Hause,
Denn der Tag war ein gelinder,
Und erwarten ihre Kinder.

Sieh, da kommen alle zwei,
Plisch und Plum sind auch dabei. –
Dies scheint aber nichts für Fittig.

Heftig ruft er: „Na, da bitt' ich!"
Doch Mama mit sanften Mienen:
„Fittig!!" – bat sie – „gönn' es ihnen!!"

Angerichtet stand die frische
Abendmilch schon auf dem Tische.

Freudig eilen sie ins Haus;
Plisch und Plum geschwind voraus.

Ach, da stehn sie ohne Scham
Mitten in dem süßen Rahm
Und bekunden ihr Behagen
Durch ein lautes Zungenschlagen.

Schlich, der durch das Fenster sah,
Ruft verwundert: „Ei, sieh da!

Das ist freilich ärgerlich,
Hehe! Aber nicht für mich!!“

DRITTES KAPITEL

Paul und Peter, ungerührt,
Grad als wäre nichts passiert,
Ruhn in ihrem Schlafgemach;
Denn was fragen sie darnach.
Ein und aus durch ihre Nasen
Säuselt ein gelindes Blasen.

Plisch und Plum hingegen scheinen
Noch nicht recht mit sich im Reinen

In betreff der Lagerstätte.

Schließlich gehn sie auch zu Bette.

Unser Plisch, gewohnterweise,
Dreht sich dreimal erst im Kreise.
Unser Plum dagegen zeigt
Sich zur Zärtlichkeit geneigt.

Denen, die der Ruhe pflegen,
Kommen manche ungelegen.

„Marsch!“ – Mit diesem barschen Wort
Stößt man sie nach außen fort. –

Kühle weckt die Tätigkeit;
Tätigkeit verkürzt die Zeit.

Sehr willkommen sind dazu
Hier die Hose, da der Schuh;
Welche, eh der Tag beginnt,

Auch bereits verändert sind.

Für den Vater, welch ein Schrecken,
Als er kam und wollte wecken.

Der Gedanke macht ihn blass,
Wenn er fragt: Was kostet das?

Schon will er die Knaben strafen,
Welche tun, als ob sie schlafen.
Doch die Mutter fleht: „Ich bitt' dich,
Sei nicht grausam, bester Fittig!“
Diese Worte liebevoll
Schmelzen seinen Vatergroll.

Paul und Peter ist's egal.
Peter geht vorerst einmal
In zwei Schlapp-Pantoffeln los,
Paul in seiner Zackenhos'.

Plisch und Plum, weil ohne Sitte,
Kommen in die Hundehütte.

„Ist fatal!“ – bemerkte Schlich -
„Hehe! Aber nicht für mich!“

VIERTES KAPITEL

Endlich fing im Drahtgehäuse
Sich die frechste aller Mäuse,

Welche Mama Fittig immer,
Bald im Keller, bald im Zimmer,
Und besonders bei der Nacht,
Fürchterlich nervös gemacht.

Dieses gibt für Plisch und Plum
Ein erwünschtes Gaudium;
Denn jetzt heißt es: „Mal heraus,
Alte, böse Knuspermaus!“

Husch! des Peters Hosenbein,
Denkt sie, soll ihr Schutz verleihn.

Plisch verfolgt sie in das Rohr;
Plum steht anderseits davor.

Knipp! In sein Geruchsorgan
Bohrt die Maus den Nagezahn.

Plisch will sie am Schwanze ziehn,

Knipp! am Ohre hat sie ihn.

Siehst du wohl, da läuft sie hin
In das Beet der Nachbarin.

Kritzekratze, wehe dir,
Du geliebte Blumenzier!

Madam Kümmel will soeben
Öl auf ihre Lampe geben.
Fast wär' ihr das Herz geknickt,
Als sie in den Garten blickt.

Sie beflügelt ihren Schritt,
Und die Kanne bringt sie mit.

Zornig, aber mit Genuss
Gibt sie jedem einen Guss;
Erst dem Plisch und dann dem Plum.
Scharf ist das Petroleum;

Und die Wirkung, die es macht,
Hat Frau Kümmel nicht bedacht.

Aber was sich nun begibt,
Macht Frau Kümmel so betrübt,
Dass sie, wie von Wahn umfächelt,
Ihre Augen schließt und lächelt.

Mit dem Seufzerhauche: U!
Stößt ihr eine Ohnmacht zu.

Paul und Peter, frech und kühl,
Zeigen wenig Mitgefühl;
Fremder Leute Seelenschmerzen
Nehmen sie sich nicht zu Herzen.

„Ist fatal!“ – bemerkte Schlich –
„Hehe! Aber nicht für mich.“

FÜNFTES KAPITEL

Kurz die Hose, lang der Rock,
Krumm die Nase und der Stock,
Augen schwarz und Seele grau,
Hut nach hinten, Miene schlau –
So ist Schmulchen Schievelbeiner.
(Schöner ist doch unsereiner!)

Er ist grad vor Fittigs Tür;
Rauwauwau! erschallt es hier. –

Kaum verhallt der raue Ton,
So erfolgt das Weitre schon.

Und, wie schnell er sich auch dreht,
Ach, er fühlt, es ist zu spät;

Unterhalb des Rockelores
Geht sein ganze Sach kapores.

Soll ihm das noch mal passieren?
Nein, Vernunft soll triumphieren.

Schnupp! Er hat den Hut im Munde.
Staunend sehen es die Hunde,

Wie er so als Quadruped
Rückwärts nach der Türe geht,

Wo Frau Fittig nur mal eben
Sehen will, was sich begeben. –
Sanft, wie auf die Bank von Moos,

Setzt er sich in ihren Schoß.

Fittig eilte auch herbei. –
„Wai!“ – rief Schmul – „ich bin entzwei!
Zahlt der Herr von Fittig nicht,
Werd' ich klagen bei's Gericht!“

Er muss zahlen. – Und von je
Tat ihm das doch gar so weh.

Auf das Knabenpaar zurück
Wirft er einen scharfen Blick,
So, als ob er sagen will:
„Schämt euch nur, ich schweige still!“
Doch die kümmern sich nicht viel
Um des Vaters Mienenspiel. –

„Ist fatal!“ – bemerkte Schlich –
„Hehe! Aber nicht für mich.“

SECHSTES KAPITEL

Plisch und Plum, wie leider klar,
Sind ein niederträchtig Paar;

Niederträchtig, aber einig,
Und in letzter Hinsicht, mein' ich,
Immerhin noch zu verehren;
Doch wie lange wird es währen?
Bösewicht mit Bösewicht –
Auf die Dauer geht es nicht.

Vis-à-vis im Sonnenschein
Saß ein Hündchen hübsch und klein,

Dieser Anblick ist für beide
Eine unverhoffte Freude.

Jeder möchte vorne stehen,
Um entzückt hinaufzuspähen.

Hat sich Plisch hervorgedrängt,
Fühlt der Plum sich tief gekränkt.

Drängt nach vorne sich der Plum,
Nimmt der Plisch die Sache krumm.

Schon erhebt sich dumpfes Grollen,
Füße scharren, Augen rollen,

Und der heiße Kampf beginnt;

Plum muss laufen, Plisch gewinnt.

Mama Fittig machte grad
Pfannenkuchen und Salat,
Das bekannte Leibgericht,
Was so sehr zum Herzen spricht.

Hurr!, da kommt mit Ungestüm
Plum und Plisch ist hinter ihm.

Schemel, Topf und Kuchenbrei
Mischt sich in die Beißerei. –
„Warte, Plisch! du Schwerenöter!“
Damit reichte ihm der Peter
Einen wohlgezielten Hieb. –
Das ist aber Paul nicht lieb.

„Warum schlägst du meinen Köter?“,
Ruft der Paul und haut den Peter.

Dieser auch nicht angefroren,
Klatscht dem Paul um seine Ohren.

Jetzt wird's aber desperat. V
Ach, der köstliche Salat

Dient den aufgeregten Geistern
Sich damit zu überkleistern.

Papa Fittig kommt gesprungen
Mit dem Stocke hochgeschwungen.

Mama Fittig, voller Güte,
Dass sie dies Malheur verhüte:
„Bester Fittig“ – ruft sie – „fass dich!“
Dabei ist sie etwas hastig.

Ihre Haube, zart umflort,
Wird von Fittigs Stock durchbohrt.
„Hehe!“ – lacht der böse Schlich –
„Wie ich sehe, hat man sich!“

Wer sich freut, wenn wer betrübt,
Macht sich meistens unbeliebt.

Lästig durch die große Hitze
Ist die Pfannenkuchenmütze.

„Höchst fatal!“ – bemerkte Schlich –
„Aber diesmal auch für mich!“

SIEBENTES KAPITEL

Seht, da sitzen Plisch und Plum
Voll Verdruss und machen brumm!
Denn zwei Ketten, gar nicht lang,
Hemmen ihren Tatendrang.

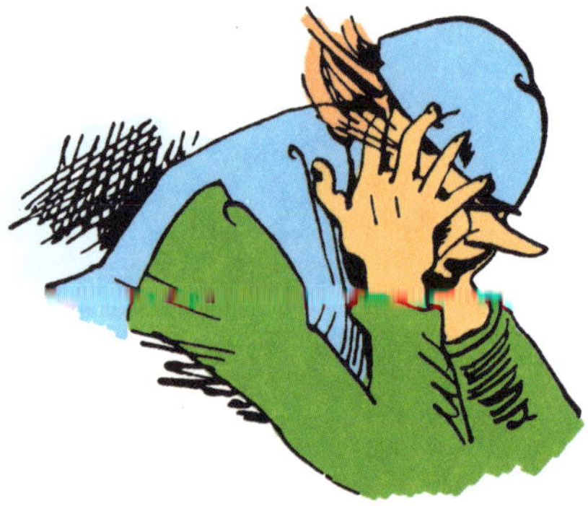

Und auch Fittig hat Beschwerden.
„Dies“ – denkt er – „ muss anders werden!
Tugend will ermuntert sein,
Bosheit kann man schon allein!“

Daher sitzen Paul und Peter
Jetzt vor Bokelmanns Katheder;
Und Magister Bokelmann
Hub, wie folgt, zu reden an:

„Geliebte Knaben, ich bin erfreut,
Dass ihr nunmehro gekommen seid,
Um, wie ich hoffe, mit allen Kräften
Augen und Ohren auf mich zu heften. –
Zum ersten: Lasset uns fleißig betreiben
Lesen, Kopf-, Tafelrechnen und Schreiben,
Alldieweil der Mensch durch sotane Künste
Zu Ehren gelanget und Brotgewinste.

Zum zweiten: Was würde das aber besagen
Ohne ein höfliches Wohlbetragen;
Denn wer nicht höflich nach allen Seiten,
Hat doch nur lauter Verdrießlichkeiten,
Darum zum Schlusse – denn sehet, so bin ich –
Bitt' ich euch dringend, inständigst und innig,

Habt ihr beschlossen in eurem Gemüte,
Meiner Lehre zu folgen in aller Güte,
So reichet die Hände und blicket mich an
Und sprechet: Jawohl, Herr Bokelmann!“

Paul und Peter denken froh:
„Alter Junge, bist du so??“
Keine Antwort geben sie,
Sondern machen bloß hihi!
Worauf er, der leise pfiff,
Wiederum das Wort ergriff.

„Dieweil ihr denn gesonnen“ - so spricht er –
„Euch zu verhärten als Bösewichter,
So bin ich gesonnen, euch dahingegen
Allhier mal über das Pult zu legen,
Um solchermaßen mit einigen Streichen
Die harten Gemüter euch zu erweichen.“

Flugs hervor aus seinem Kleide,
Wie den Säbel aus der Scheide,

Zieht er seine harte, gute,
Schlanke, schwanke Haselrute,
Fasst mit kund'ger Hand im Nacken
Paul und Peter bei den Jacken

Und verklopft sie so vereint,
Bis es ihm genügend scheint.

„Nunmehr“ – so sprach er in guter Ruh -
„Meine lieben Knaben, was sagt ihr dazu??

Seid ihr zufrieden und sind wir einig??“
„Jawohl, Herr Bokelmann!“, riefen sie schleunig.

Dies ist Bokelmanns Manier.
Dass sie gut, das sehen wir.
Jeder sagte, jeder fand:

„Paul und Peter sind scharmant!!“
Aber auch für Plisch und Plum
Nahte sich das Studium

Und die nötige Dressur,
Ganz wie Bokelmann verfuhr.

Bald sind beide kunstgeübt,
Daher allgemein beliebt,

Und, wie das mit Recht geschieht,
Auf die Kunst folgt der Profit.

SCHLUSS

Zugereist in diese Gegend,
Noch viel mehr als sehr vermögend,
In der Hand das Perspektiv,
Kam ein Mister namens Pief.
„Warum soll ich nicht beim Gehen“ -
Sprach er – „in die Ferne sehen?
Schön ist es auch anderswo,
Und hier bin ich sowieso.“

Hierbei aber stolpert er
In den Teich und sieht nichts mehr.

„Paul und Peter, meine Lieben,
Wo ist denn der Herr geblieben?“

Fragte Fittig, der mit ihnen
Hier spazieren geht im Grünen.

Doch wo der geblieben war,
Wird ihm ohne dieses klar.

Ohne Perspektiv und Hut
Steigt er ruhig aus der Flut.

„Allez, Plisch und Plum, apport!“
Tönte das Kommandowort.

Streng gewöhnt an das Parieren,
Tauchen sie und apportieren
Das Vermisste prompt und schnell.
Mister Pief sprach: „Weriwell!
Diese zwei gefallen mir!

Wollt ihr hundert Mark dafür?“
Drauf erwidert Papa Fittig
Ohne weiters: „Ei, da bitt' ich.“

Er fühlt sich wie neugestärkt,
Als er soviel Geld bemerkt.

„Also, Plisch und Plum, ihr beiden,
Lebet wohl, wir müssen scheiden,
Ach, an dieser Stelle hier,
Wo vor einem Jahr wir vier
In so schmerzlich süßer Stunde
Uns vereint zum schönsten Bunde;
Lebt vergnügt und ohne Not,
Beefsteak sei euer täglich Brot!“

Schlich, der auch herbeigekommen,
Hat dies alles wahrgenommen.
Fremdes Glück ist ihm zu schwer.
„Recht erfreulich!“ murmelt er –
„Aber leider nicht für mich!!“

Plötzlich fühlt er einen Stich,
Kriegt vor Neid den Seelenkrampf,
Macht geschwind noch etwas Dampf,

Fällt ins Wasser, dass es zischt,
Und der Lebensdocht erlischt. –

Einst belebt von seinem Hauche,
Jetzt mit spärlich mattem Rauche
Glimmt die Pfeife noch so weiter
Und verzehrt die letzten Kräuter.

Noch ein Wölkchen blau und kraus –
Phütt! ist die Geschichte aus.

Maler Klecksel

-1884-

ERSTES KAPITEL

Das Reden tut dem Menschen gut,
Wenn man es nämlich selber tut;
Von Angstprodukten abgesehn,
Denn so etwas bekommt nicht schön.

Die Segelflotte der Gedanken,
Wie fröhlich fährt sie durch die Schranken
Der aufgesperrten Mundesschleuse
Bei gutem Winde auf die Reise
Und steuert auf des Schalles Wellen
Nach den bekannten offnen Stellen
Am Kopfe, in des Ohres Hafen
Der Menschen, die mitunter schlafen.

Vor allem der Politikus
Gönnt sich der Rede Vollgenuss;
Und wenn er von was sagt, so sei's,
Ist man auch sicher, dass er's weiß.

Doch andern, darin mehr zurück,
Fehlt dieser unfehlbare Blick.
Sie lockt das zartere Gemüt
Ins anmutreiche Kunstgebiet,
Wo grade, wenn man nichts versteht,
Der Schnabel um so leichter geht.
Fern liegt es mir, den Freund zu rügen,
Dem Tee zu kriegen ein Vergnügen
Und im Salon mit geistverwandten
Ästhetisch durchgeglühten Tanten
Durch Reden bald und bald durch Lauschen
Die Seelen säuselnd auszutauschen.
Auch tadl' ich keinen, wenn's ihn gibt,
Der diese Seligkeit nicht liebt,
Der keinen Tee mag, selbst von Engeln,
Dem's da erst wohl, wo Menschen drängeln;
Ihn fährt die Droschke, zieht das Herz
Zu schönen Opern und Konzerts,
Die auch im Grund, was nicht zu leugnen,
Zum Zwiegespräch sich trefflich eignen.
Man sitzt gesellig unter vielen
So innig nah auf Polsterstühlen,
Man ist so voll humaner Wärme;
Doch ewig stört uns das Gelärme,
Das Grunzen, Plärren und Gegirre
Der musikalischen Geschirre,
Die eine Schar im schwarzen Fracke
Mit krummen Fingern, voller Backe,
Von Meister Zappelmann gehetzt,
Hartnäckig in Bewegung setzt.
So kommt die rechte Unterhaltung
Nur ungenügend zur Entfaltung.

Ich bin daher, statt des Gewinsels,
Mehr für die stille Welt des Pinsels;
Und, was auch einer sagen mag,
Genussreich ist der Nachmittag,
Den ich inmitten schöner Dinge
Im lieben Kunstverein verbringe;
Natürlich meistenteils mit Damen.
Hier ist das Reich der goldnen Rahmen,
Hier herrschen Schönheit und Geschmack,
Hier riecht es angenehm nach Lack;

Hier gibt die Wand sich keine Blöße,
Denn Prachtgemälde jeder Größe
Bekleiden sie und warten ruhig,
Bis man sie würdigt, und das tu' ich.
Mit scharfem Blick, nach Kennerweise,
Seh' ich zunächst mal nach dem Preise,
Und bei genauerer Betrachtung
Steigt mit dem Preise auch die Achtung.
Ich blicke durch die hohle Hand,
Ich blinzle, nicke: „Ah, scharmant!
Das Kolorit, die Pinselführung,
Die Farbentöne, die Gruppierung,
Dies Lüster, diese Harmonie,
Ein Meisterwerk der Phantasie.
Ach, bitte, sehn Sie nur, Komtess!“
Und die Komtess, sich unterdess
Im duftigen Batiste schneuzend,
Erwidert schwärmrisch: „Oh, wie reizend!“

Und wahrlich! Preis und Dank gebührt
Der Kunst, die diese Welt verziert.

Der Architekt ist hochverehrlich
(Obschon die Kosten oft beschwerlich),
Weil er uns unsere Erdenkruste,
Die alte, raue und berußte,
Mit saubern Baulichkeiten schmückt,
Mit Türmen und Kasernen spickt.

Der Plastiker, der uns ergötzt,
Weil er die großen Männer setzt,
Grauschwärzlich, grünlich oder weißlich,
Schon darum ist er löb- und preislich,
Dass jeder, der zum Beispiel fremd,
Soeben erst vom Bahnhof kömmt,
In der ihm unbekannten Stadt
Gleich den bekannten Schiller hat.

Doch größern Ruhm wird der verdienen,
Der Farben kauft und malt mit ihnen.

Wer weiß die Hallen und dergleichen
So welthistorisch zu bestreichen?
Al fresco und für ewig fast,
Wenn's mittlerweile nicht verblasst.

Wer liefert uns die Genresachen,
So rührend oder auch zum Lachen?
Wer schuf die grünen Landschaftsbilder,
Die Wirtshaus- und die Wappenschilder?
Wer hat die Reihe deiner Väter
Seit tausend Jahren oder später
So meisterlich in Öl gesetzt?
Wer wird vor allen hochgeschätzt?
Der Farbenkünstler! Und mit Grund!
Er macht uns diese Welt so bunt.
Darum, o Jüngling, fasse Mut;
Setz auf den hohen Künstlerhut
Und wirf dich auf die Malerei;
Vielleicht verdienst du was dabei.
Nach diesem ermunterungsvollen Vermerke
Fahren wir fort im löblichen Werke.

ZWEITES KAPITEL

Nachdem die Welt so manches Jahr
Im alten Gleis gegangen war,
Erfuhr dieselbe unvermutet,
Dass, als der Wächter zwölf getutet,
Bei Klecksels, wohnhaft Nr. 3,
Ein Knäblein angekommen sei. –
Bald ist's im Kirchenbuch zu lesen;
Denn wer bislang nicht dagewesen,
Wer so als gänzlich Unbekannter,
Nunmehr als neuer Anverwandter,
Ein glücklich Elternpaar besucht,
Wird flugs verzeichnet und gebucht.
Kritzkratz! Als kleiner Weltphilister
Steht Kuno Klecksel im Register.

Früh zeigt er seine Energie,
Indem er ausdermaßen schrie;
Denn früh belehrt ihn die Erfahrung:
Sobald er schrie, bekam er Nahrung.
Dann lutscht er emsig und behende,
Bis dass die Flüssigkeit zu Ende.

Auch schien's ihm höchst verwundersam,
Wenn jemand mit der Lampe kam.
Er staunt, er glotzt, er schaut verquer,
Folgt der Erscheinung hin und her

Und weidet sich am Lichteffekt.
Man sieht bereits, was in ihm steckt.
Schnell nimmt er zu, wird stark und feist
An Leib nicht minder wie an Geist
Und zeigt bereits als kleiner Knabe

Des Zeichnens ausgeprägte Gabe.
Zunächst mit einem Schieferstiele
Macht er Gesichter im Profile;

Zwei Augen aber fehlen nie,
Denn die, das weiß er, haben sie.
Durch Übung wächst der Menschenkenner.
Bald macht er auch schon ganze Männer
Und zeichnet fleißig, oft und gern
Sich einen wohlbeleibten Herrn.
Und nicht nur, wie er außen war,
Nein, selbst das Innre stellt er dar.

Hier thront der Mann auf seinem Sitze
Und isst zum Beispiel Hafergrütze.
Der Löffel führt sie in den Mund,
Sie rinnt und rieselt durch den Schlund,
Sie wird, indem sie weiterläuft,
Sichtbar im Bäuchlein angehäuft. –
So blickt man klar, wie selten nur,
Ins innre Walten der Natur. –
Doch ach! wie bald wird uns verhunzt
Die schöne Zeit naiver Kunst;
Wie schnell vom elterlichen Stuhle
Setzt man uns auf die Bank der Schule!

Herr Bötel nannte sich der Lehrer,
Der, seinerseits kein Kunstverehrer,
Mehr auf das Praktische beschränkt,
Dem Kuno seine Studien lenkt.

Einst an dem schwarzen Tafelbrett
Malt Kuno Böteln sein Portrett,

Herr Bötel, der es nicht bestellt,
Auch nicht für sprechend ähnlich hält,
Schleicht sich herzu in Zornerregung;
Und unter heftiger Bewegung
Wird das Gemälde ausgeputzt.

Der Künstler wird als Schwamm benutzt.

Bei Kuno ruft dies Ungemach
Kein Dankgefühl im Busen wach. –

Ein Kirchenschlüssel, von Gestalt
Ehrwürdig, rostig, lang und alt,
Durch Kuno hinten angefeilt,
Wird fest mit Pulver vollgekeilt.
Zu diesem ist er im Besitze
Von einer oft bewährten Spritze;
Und da er einen Schlachter kennt,
Füllt er bei ihm sein Instrument.

Die Nacht ist schwarz, Herr Bötel liest.

Bums! hört er, dass man draußen schießt.
Er denkt: „Was mag da vor sich gehn?

Ich muss mal aus dem Fenster sehn.“
Es zischt der Strahl, von Blut gerötet;

Herr Bötel ruft: „Ich bin getötet!“

Mit diesen Worten fällt er nieder
Und streckt die schreckgelähmten Glieder.

Frau Bötel war beim Tellerspülen;
Sie kommt und schreit mit Angstgefühlen:
„Ach, Bötel! Lebst du noch, so sprich!"

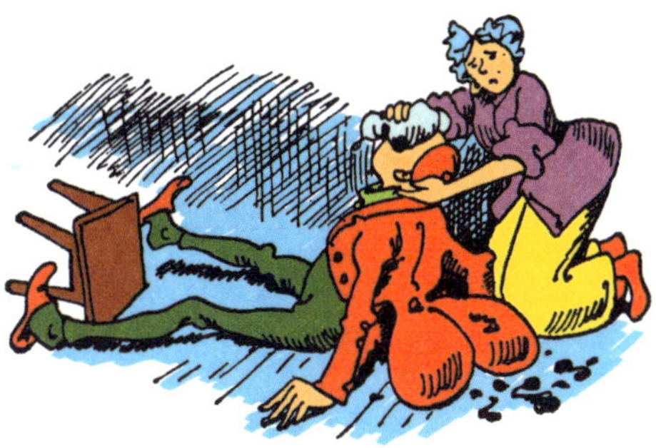

„Kann sein!" – sprach er – „Man wasche mich!"

Bald zeigt sich, wie die Sache steht.
Herr Bötel lebt und ist komplett.
Er ruft entrüstet und betrübt:
„Das hat der Kuno ausgeübt!" –

Wenn wer sich wo als Lump erwiesen,
So bringt man in der Regel diesen
Zum Zweck moralischer Erhebung
In eine andere Umgebung.
Der Ort ist gut, die Lage neu,
Der alte Lump ist auch dabei. –

Nach diesem schon öfters erprobten Vermerke
Fahren wir fort im löblichen Werke.

DRITTES KAPITEL

Alsbald nach dieser Spritzaffäre
Kommt unser Kuno in die Lehre
Zum braven Malermeister Quast;
Ein Mann, der seine Kunst erfasst,
Ein Mann, der trefflich tapeziert
Und Ofennischen marmoriert,
Und dem für künstlerische Zwecke
Erreichbar selbst die höchste Decke.

Der Kunstbetrieb hat seine Plagen,
Viel Töpfe muss der Kuno tragen.
Doch gerne trägt er einen Kasten
Mit Vesperbrot für sich und Quasten.
Es fiel ihm auf, dass jeder Hund
Bei diesem Kasten stille stund.

„Ei!" – denkt er – „das ist ja famos!"
Und macht den Deckel etwas los.

Ein Teckel, der den Deckel lupft,
Wird eingeklemmt und angetupft,

Sodass er buntgefleckelt ward,
Fast wie ein junger Leopard.

Ein Windspiel, das des Weges läuft
Und naschen will, wird quer gestreift;

Es ist dem Zebra ziemlich ähnlich,
Nur schlanker, als wie dies gewöhnlich.

Ein kleiner Bulldogg, der als dritter
Der Meinung ist, dass Wurst nicht bitter,

Wird reizend grün und gelb kariert,
Wie's einem Inglischmän gebührt.

Ungern bemerkt dies Meister Quast.
Ihm ist die Narretei verhasst!

Er liebte keine Zeitverschwendung
Und falsche Farbestoffverwendung.
Er schwieg. Doch als die Stunde kam,
Wo man die Vespermahlzeit nahm,
Da sprach er mild und guten Mutes:

„Ein guter Mensch kriegt auch was Gutes!"

Er schnitt vom Brot sich einen Fladen.
Der Kuno wird nicht eingeladen.

Er greift zur Wurst. Er löst die Haut.
Der Kuno steht dabei und schaut.

Die Wurst verschwindet allgemach.
Der Kuno blickt ihr schmachtend nach. –

Die Wurst verschwand bis auf die Schläue.
Der Kuno weint der Tränen zweie.

Doch Meister Quast reibt frohbedächtig
Den Leib und spricht: „Das schmeckte prächtig!
Heut Abend lass ich nichts mehr kochen!"

Er hält getreu, was er versprochen;
Geht ein durch seine Kammerpforte
Und spricht gemütlich noch die Worte:

„Sei mir willkommen, süßer Schlaf!
Ich bin zufrieden, weil ich brav!"

Der Kuno denkt noch nicht zu ruhn.
Er hat was Wichtiges zu tun.

Zunächst vor jeder andern Tat
Legt er sein Ränzel sich parat.
Sodann erbaut er auf der Diele
Aus Töpfen, Gläsern und Gestühle
Ein Werk im Stil der Pyramiden
Zum Denkmal, dass er abgeschieden.
Apart jedoch von der Verwirrnis
Stellt er den Topf, gefüllt mit Firnis.
Zuletzt ergreift er, wie zur Wehre,
Die mächtige Tapetenschere.

Quasts Deckbett ist nach altem Brauch
Ein stramm gestopfter Federschlauch.
Mit einem langen, leisen Schnitte
Schlitzt es der Kuno in der Mitte.

Rasch leert er jetzt den Firnistopf
Auf Quastens ahnungslosen Kopf.

Quast fährt empor voll Schreck und Staunen,
Greift, schlägt und tobt und wird voll Daunen.

Er springt hinaus in großer Hast,
Von Ansehn wie ein Vogel fast,

Und stößt mit schrecklichem Rumbum
Die neuste Pyramide um.
Froh schlägt das Herz im Reisekittel,
Vorausgesetzt, man hat die Mittel.

Nach diesem ahnungsvollen Vermerke
Fahren wir fort im löblichen Werke.

VIERTES KAPITEL

Recht gern empfängt die Musenstadt
Den Fremdling, welcher etwas hat. –
Kuno ist da. – Gedankentief
Verfasste derselbe diesen Brief:
„Geehrter Herr Vater! Bei Meister Quast
Hat es mir leider nicht recht gepasst.
Seit vorigen Freitag bin ich allhie,
Um zu besuchen die Akademie.
Geld hab' ich bereits schon gar nicht mehr.
Um solches, o Vater, ersuch' ich Euch sehr.
Logieren tu' ich auf hartem Gestrüppe.
Euer Sohn, das Hunger- und Angstgerippe."

Der Vater, kratzend hinterm Ohr,
Sucht hundert Gulden bang hervor.
Eindringlich warnend vor Verschwendung,
Macht er dem Sohn die schwere Sendung.

Jetzt hat der Kuno Geld in Masse,
Stolz geht er in die Zeichenklasse.

Von allen Schülern, die da sitzen,
Kann keiner so den Bleistift spitzen.
Auch sind nur wenige dazwischen,
Die so wie er mit Gummi wischen.
Und im Schraffieren, was das Schwerste,
Da wird er unbedingt der Erste.

Jedoch zur Nacht, wenn er sich setzte,
Beim Schimmelwirt, blieb er der Letzte.

Mit Leichtigkeit genießt er hier
So seine ein, zwei, drei Glas Bier.

Natürlich, da er so vorzüglich,
Sitzt er zu Ostern schon vergnüglich
Im herrlichen Antikensaale,
Dem Sammelplatz der Ideale.

Der Alten ewig junge Götter –
Wenn mancher auch in Wind und Wetter
Und sonst durch allerlei Verdrieß
Kopf, Arm und Bein im Stiche ließ –
Ergötzen Kuno unbeschreiblich,
Besonders, wenn die Götter weiblich.

Er ahmt sie nach in schwarzer Kreide.

Doch kann er sich auch diese Freude
An schönen Sommernachmittagen,
Wenn's grade nötig, mal versagen
Und eilt mit brennender Havanna
Zum Schimmelwirt zu der Susanna.

Hier in des Gartens Lustrevier
Trinkt er so zwei, drei, vier Glas Bier.
Daher man denn auch bald erfuhr,
Der Klecksel malt nach der Natur.

Am linken Daumen die Palette,
Steht er schon da vor seinem Brette
Und malt die alte Runzeltante,
Dass sie fast jeder wiederkannte.

Doch eh die Abendglocke klang,
Macht er den hergebrachten Gang

Zur Susel und vertilgt bei ihr
So seine vier, fünf, sechs Glas Bier.
Da eines Abends sagt ganz plötzlich,
Grad als der Kuno recht ergötzlich,
Dies sonst so nette Frauenzimmer:
„Jetzt zahlen, oder Bier gibt's nimmer!“

Ach! reines Glück genießt doch nie,
Wer zahlen soll und weiß nicht wie!

Nach diesem mit Wehmut gemachten Vermerke
Fahren wir fort im löblichen Werke.

FÜNFTES KAPITEL

Ganz arglos auf dem Schillerplatzel
Geht Kunos Freund, der Herr von Gnatzel.

Ein netter Herr, ein lieber Mann.
Der Kuno pumpt ihn freudig an.

Freund Gnatzels Züge werden schmerzlich.
Er spricht gerührt: „Bedaure herzlich!
Recht dumm! Vergaß mein Portmonee!

Geduld bis morgen Früh! Adieu!“

Von nun an ist es sonderbar,
Wie Gnatzel schwer zu treffen war.

Oft naht sich dieser Freund von ferne
Und Kuno grüßte ihn so gerne;

Doch kommt er nie zu seinem Zwecke;
Freund Gnatzel biegt um eine Ecke.

Oft sucht ihn Kuno zu beschleichen,
Um ihn von hinten zu erreichen;
Freund Gnatzel merkt es aber richtig,
Grad so, als ob er hintersichtig,

Schlüpft in die Droschke mit Geschick
Und lässt den Kuno weit zurück.

Der Kuno blickt in eine Schänke.
Sieh da! Freund Gnatzel beim Getränke!

Doch schnell entschlüpft er dem Lokal
Durchs Hinterpförtchen, wie ein Aal. –

Der Kuno sieht in dieser Not
Nur noch ein einzig Rettungsboot.
Er hat, von Schöpfungsdrang erfüllt,
Verfertigt ein historisch Bild:

Wie Bertold Schwarz vor zwei Sekunden
Des Pulvers große Kraft erfunden,
Dies Bildnis soll der Retter sein.
Er bringt es auf den Kunstverein.

Leicht kommt man an das Bildermalen,
Doch schwer an Leute, die's bezahlen.
Statt ihrer ist, als ein Ersatz,
Der Kritikus sofort am Platz.

Nach diesem, ach leider! so wahren Vermerke
Fahren wir fort im löblichen Werke.

SECHSTES KAPITEL

In selber Stadt ernährte sich
Ganz gut ein Dr. Hinterstich
Durch Kunstberichte von Bedeutung
In der von ihm besorgten Zeitung,
Was manchem das Geschäft verdirbt,
Der mit der Kunst sein Brot erwirbt.

Dies Blatt hat Klecksel mit Behagen
Von jeher eifrig aufgeschlagen.
Auch heute hält er's in der Hand
Und ist auf den Erfolg gespannt.

Wie düster wird sein Blick umnebelt!
Wie hat ihn Hinterstich vermöbelt!

Sogleich in eigener Person
Fort stürmt er auf die Redaktion.

Des Autors Physiognomie
Bedroht er mit dem Paraplü.

Der Kritikus, in Zornekstase,
Spießt mit der Feder Kunos Nase;

Ein Stich, der um so mehr verletzt,
Weil auch zugleich die Tinte ätzt.

Stracks wird der Regenschirm zur Lanze.

Flugs dient der Tisch als eine Schanze.

Vergeblich ist ein hoher Stoß,

Auch bleibt ein tiefer wirkungslos.

Jetzt greift der Kritikus voll Hass
Als Wurfgeschoss zum Tintenfass.
Jedoch der Schaden bleibt gering,
Weil ihn das Paraplü empfing.

Der Kritikus braucht eine Finte.

Er zieht den Kuno durch die Tinte.
Der Tisch fällt um. Höchst penetrant

Wirkt auf das Augenlicht der Sand.

Indessen zieht der Kuno aber
Den Bleistift Numro 5 von Faber;

Und Hinterstich, der sehr rumort,
Wird mehrfach peinlich angebohrt.

Der Kuno, seines Sieges froh,
Verlässt das Redaktionsbüro.
Ein rechter Maler, klug und fleißig,
Trägt stets 'n spitzen Bleistift bei sich.

Nach diesem beherzigenswerten Vermerke
Fahren wir fort im löblichen Werke.

SIEBENTES KAPITEL

So ist denn also, wie das vorige
Ereignis lehrt, die Welthistorie
Wohl nicht das richtige Gebiet,
Wo Kunos Ruhm und Nutzen blüht.
Vielleicht bei näherer Bekanntschaft
Schuf die Natur ihn für die Landschaft,
Die jedem, der dazu geneigt,
Viel nette Aussichtspunkte zeigt.

Zum Beispiel dieses Felsenstück
Gewährt ihm einen weiten Blick.

Wer kommt denn über jenen Bach?
Das ist das Fräulein von der Ach,
Vermögend zwar, doch etwas ältlich,
Halb geistlich schon und halb noch weltlich,
Lustwandelt sie mit Seelenruh
Und ihrem Spitz dem Kloster zu.

Zwei Hunde kommen angehüpft,
Die man durch eine Schnur verknüpft.

Der Spitz, gar ängstlich, retiriert,

Das gute Fräulein wird umschnürt.

Der Spitz enteilt, die Hunde nach;

Mit ihnen Fräulein von der Ach.

Der Kuno springt von seinem Steine.
Ein Messerschnitt zertrennt die Leine.

Der Kuno zeigt sich höchst galant.

Das Fräulein fragt, eh sie verschwand:
„Darf man Ihr Atelier nicht sehn?“ –
„Holzgasse 5.“ – „Ich danke schön!“ –

Vielleicht, dass diese gute Tat
Recht angenehme Folgen hat!

Nach diesem hoffnungsvollen Vermerke
Fahren wir fort im löblichen Werke.

ACHTES KAPITEL

Sie blieb nicht aus. Sie kam zu ihm.
Hold lächelnd sprach sie und intim:
„Mein werter Freund! Seit längst erfüllt
Mich schon der Wunsch, ein lieblich Bild
Zu stiften in die Burgkapelle,
Was ich bei Ihnen nun bestelle.
So legendarisch irgendwie.
Vorläufig dies für Ihre Müh!“

Mit sanftem Druck legt sie in seine
Entzückte Hand zwei größre Scheine. –

Der Kuno, fremd in der Legende,
Verwendet sich zu diesem Ende
An einen grundgelehrten Greis,
Der folgende Geschichte weiß:

DER KÜHNE RITTER UND DER
GRÄULICHE LINDWURM

Es kroch der alte Drache
Aus seinem Felsgemache
Mit grausigem Randal.
All' Jahr ein Mägdlein wollt' er,
Sonst grollt er und radollt er,
Fraß alles ratzekahl.

Was kommt da aus dem Tore
In schwarzem Trauerflore
Für eine Prozession?
Die Königstochter Irme
Bringt man dem Lindgewürme;
Das Scheusal wartet schon.

Hurra! Wohl aus dem Holze
Ein Ritter keck und stolze
Sprengt her wie Wettersturm.
Er sticht dem Untier schnelle
Durch seine harte Pelle;
Tot liegt und schlapp der Wurm.

Da sprach der König freudig:
„Wohlan, Herr Ritter schneidig,
Setzt Euch bei uns zur Ruh.
Ich geb' Euch sporenstreiches
Die Hälfte meines Reiches,
Mein Töchterlein dazu!“

„Mau, mau!“, so rief erschrocken
Mit aufgesträubten Locken
Der Ritter stolz und keck.
„Ich hatte schon mal eine,
Die sitzt mir noch im Beine!
Ade!“, und ritt ums Eck.

O altes blaues Wunder!
Da han wir doch jetzunder
Mehr Herz im Kamisol.
Wir ziehen unsre Kappe
Vor solchem Schwiegerpappe
Und sprechen: Ei, jawohl!

Der Stoff ist Kuno sehr willkommen,
Die zweite Hälfte ausgenommen,
Um ihn mit Kohle zu skizzieren
Und dann in Farben auszuführen. -

Gar oft erfreut das Fräulein sich
An Kunos kühnem Kohlenstrich,
Obgleich ihr eigentlich nicht klar,
Wie auch dem Künstler, was es war.
Wie's scheint, will ihm vor allen Dingen
Das Bild der Jungfrau nicht gelingen.
„Nur schwach, Natur, wirst du verstanden“ –
Seufzt er – „wenn kein Modell vorhanden!“

„Kann ich nicht dienen?“, lispelt sie.
„Schön!“ – rief er – „Mittwoch in der Früh!“

Als nun die Abendglocke schlug,
Zieht ihn des Herzens süßer Zug
Zum Schimmelwirt, wie ehedem;
Und Susel macht sich angenehm.
Denn alte Treu, sofern es nur
Rentabel ist, kommt gern retour.

Ja, dies Verhältnis hier gedieh
Zu ungeahnter Harmonie. –

Mit zween Herrn ist schlecht zu kramen;
Noch schlechter, fürcht' ich, mit zwo Damen.

Nach diesem mit Zittern gemachten Vermerke
Fahren wir fort im löblichen Werke.

NEUNTES KAPITEL

Es war im schönen Karneval,
Wo, wie auch sonst und überall,
Der Mensch mit ungemeiner List
Zu scheinen sucht, was er nicht ist.
Dem Kuno scheint zu diesem Feste
Ein ritterlich Gewand das Beste.

Schön Suschen aber schwebt dahin
Als holdnaive Schäferin.

Schon schwingt das Bein, das graziöse,
Sich nach harmonischem Getöse

Bei staubverklärtem Lichterglanze
Im angenehmsten Wirbeltanze –

Doch ach! die schöne Nacht verrinnt.
Der Morgen kommt; kühl weht der Wind.

Zwei Menschen wandeln durch den Schnee
Vereint in Kunos Atelier.

Und hier besiegeln diese zwei
Sich dauerhafte Lieb und Treu. –

Hoch ist der Liebe süßer Traum
Erhaben über Zeit und Raum. –
Der Kuno, davon auch betäubt,
Vergaß, dass man heut Mittwoch schreibt. –
Es rauscht etwas im Vorgemach.
O weh! Das Fräulein von der Ach!

„Herzallerliebster Schatz, allons!
Verbirg dich hinter dem Karton!“

„Willkommen, schönste Gönnerin!
Hier, bitte, treten Sie mal hin!“

Begonnen wird das Konterfei.
Der Spitz schaut hinter die Stafflei.

Der Künstler macht sein Sach genau.
Der Spitz, bedenklich, macht wau, wau!

Entrüstet aber wird der Spitz
Infolge eines Seitentritts.

Die Haare sträuben sich dem Spitze,
Die Staffel schwankt. Ausrutscht die Stütze;

Und mit Gerassel wird enthüllt
Der Schäferin verschämtes Bild.
Nach dieser Krisis, wie ich bemerke,
Geht es zu End' mit dem löblichen Werke.

SCHLUSS

Hartnäckig weiter fließt die Zeit;
Die Zukunft wird Vergangenheit.
Von einem großen Reservoir
Ins andre rieselt Jahr um Jahr;
Und aus den Fluten taucht empor
Der Menschen buntgemischtes Korps.
Sie plätschern, traurig oder munter,
'n bissel 'rum, dann gehen 's unter
Und werden, ziemlich abgekühlt,
Für läng're Zeit hinweggespült. –
Wie sorglich blickt das Aug' umher!
Wie freut man sich, wenn der und der,
Noch nicht versunken oder matt,
Den Kopf vergnügt heroben hat.

Der alte Schimmelwirt ist tot.
Ein neuer trägt das Reichskleinod.
Derselbe hat wie seine Pflicht,
Dies Inserat veröffentlicht:

Kund sei es dem hohen Publiko,
Dass meine Frau Suse, des bin ich froh,
Hinwiederum eines Knäbleins genesen,
Als welches bis dato das fünfte gewesen.
Viel Gutes bringet der Jahreswechsel
Dem Schimmelwirte – Kuno Klecksel.–

So tut die vielgeschmähte Zeit
Doch mancherlei, was uns erfreut;
Und, was das Beste, sie vereinigt
Selbst Leute, die sich einst gepeinigt. -

Das Fräulein freilich, mit erboster
Entsagung, ging vorlängst ins Kloster.
Doch Bötel, wenn er in den Ferien
Die Stadt besucht und Angehörigen,
Und Meister Quast, der allemal
Von hier entnimmt sein Material,
Wie auch der vielgewandte Gnatzel,
(Jetzt schon bedeckt mit einer Atzel)
Ja, selbst der Dr. Hinterstich,
Dem alter Groll nicht hinderlich.

Sie alle trinken unbeirrt
Ihr Abendbier beim Schimmelwirt.
Oft sprach dann Bötel mit Behagen:
„Herr Schimmelwirt, ich kann wohl sagen:
Wär' nicht die rechte Bildung da,
Wo wären wir? Ja ja, ja ja!!“

Nach diesem von Bötel gemachten Vermerk
Schließen wir freudig das löbliche Werk.

Knopp-Trilogie

-1875 - 1877-

ABENTEUER EINES JUNGGESELLEN (1875)

DIE SACHE WIRD BEDENKLICH

Sokrates, der alte Greis,
Sagte oft in tiefen Sorgen:
„Ach, wie viel ist doch verborgen,
Was man immer noch nicht weiß."

Und so ist es. – Doch indessen
Darf man eines nicht vergessen:
Eines weiß man doch hienieden,
Nämlich, wenn man unzufrieden. –

Dies ist auch Tobias Knopp,

Und er ärgert sich darob.

Seine zwei Kanarienvögel

Die sind immer froh und kregel,
Während ihn so manches quält,
Weil es ihm bis dato fehlt.

Ja, die Zeit entfliehet schnell;
Knopp, du bist noch Junggesell! –

Zwar für Stiefel, Bett, Kaffee
Sorgt die gute Dorothee;
Und auch, wenn er dann und wann
Etwas nicht alleine kann,

Ist sie gleich darauf bedacht,
Dass sie es zurechte macht.
Doch ihm fehlt Zufriedenheit. –
Nur mit großer Traurigkeit
Bleibt er vor dem Spiegel stehn,
Um sein Bildnis zu besehn.

Vornerum ist alles blank;
Aber hinten, Gott sei Dank!
Denkt er sich mit frohem Hoffen,
Wird noch manches angetroffen.

Oh, wie ist der Schreck so groß!
Hinten ist erst recht nichts los;
Und auch hier tritt ohne Frage
Nur der pure Kopf zu Tage. –

Auch bemerkt er außerdem,
Was ihm gar nicht recht bequem,

Dass er um des Leibes Mitten
Längst die Wölbung überschritten,
Welche für den Speiseschlauch,
Bei natürlichem Gebrauch,
Wie zum Trinken, so zum Essen,
Festgesetzt und abgemessen. –
Doch es bietet die Natur
Hierfür eine sanfte Kur.
Draußen, wo die Blumen sprießen,
Karrelsbader Salz genießen
Und melodisch sich bewegen,
Ist ein rechter Himmelssegen;
Und es steigert noch die Lust,
Wenn man immer sagt: du musst.

Knopp, der sich dazu entschlossen,

Wandelt treu und unverdrossen.

Manchmal bleibt er sinnend stehn,

Manchmal kann ihn keiner sehn.

Aber bald so geht er wieder
Treubeflissen auf und nieder. –

Dieses treibt er vierzehn Tage;
Darnach steigt er auf die Waage,

Und da wird es freudig kund:
Heißa, minus zwanzig Pfund!

Wieder schwinden vierzehn Tage,
Wieder sitzt er auf der Waage,
Autsch, nun ist ja offenbar

Alles wieder, wie es war.

Ach, so denkt er, diese Welt
Hat doch viel, was nicht gefällt.

Rosen, Tanten, Basen, Nelken
Sind genötigt zu verwelken;

Auch – und endlich auch durch mich
Macht man einen dicken Strich.
Auch von mir wird man es lesen :
Knopp war da und ist gewesen.
Ach, und keine Träne fließt
Aus dem Auge, das es liest;
Keiner wird, wenn ich begraben,
Unbequemlichkeiten haben;
Keine Seele wird geniert,
Weil man keinen Kummer spürt.
Dahingegen spricht man dann:
Was geht dieser Knopp uns an?

Dies mag aber Knopp nicht leiden;
Beim Gedanken, so zu scheiden
In ein unverziertes Grab,
Drückt er eine Träne ab.

Sie liegt da, wo er gesessen,
Seinem Schmerze angemessen.

Dieses ist ja fürchterlich.
Also, Knopp, vermähle dich.
Mach dich auf und sieh dich um,
Reise mal 'n bissel rum.
Sieh mal dies und sieh mal das,
Und pass auf, du findest was.

Einfach ist für seine Zwecke
Das benötigte Gepäcke;

Und die brave Dorothee
Ruft: „Herr Knopp, nanu adjeh!“

EINE ALTE FLAMME

Allererst und allsofort
Eilet Knopp an jenen Ort,
Wo sie wohnt die Wohlbekannte,
Welche sich Adele nannte;

Jene reizende Adele,
Die er einst mit ganzer Seele
Tiefgeliebt und hochgeehrt,
Die ihn aber nicht erhört,
Sodass er, seit dies geschah,
Nur ihr süßes Bildnis sah.

Transpirierend und beklommen
Ist er vor die Tür gekommen,
Oh, sein Herze klopft so sehr,
Doch am Ende klopft auch er.

„Himmel" – ruft sie – "welches Glück!!"
(Knopp sein Schweiß, der tritt zurück.)

„Komm, geliebter Herzensschatz,
Nimm auf der Berschäre Platz!

Nur an dich bei Tag und Nacht,
Süßer Freund, hab ich gedacht.

Unaussprechlich inniglich,
Freund und Engel, lieb ich dich!"

Knopp, aus Mangel an Gefühl,
Fühlt sich wieder äußerst schwül,
Doch in dieser Angstsekunde
Nahen sich drei fremde Hunde.

„Hilfe, Hilfe!"– ruft Adele –
„Hilf, Geliebter meiner Seele!!!"

Knopp hat keinen Sinn dafür.
Er entfernt sich durch die Tür. –

Schnell verlässt er diesen Ort.
Und begibt sich weiter fort.

EIN SCHWARZER KOLLEGE

Knopp verfügt sich weiter fort
Bis an einen andern Ort.
Da wohnt einer, den er kannte,
Der sich Förster Knarrtje nannte. –

Unterwegs bemerkt er bald
Eine schwärzliche Gestalt,

Und nun biegt dieselbe schräg
Ab auf einen Seitenweg.

Sieh, da kommt ja Knarrtje her!

„Alter Knopp, das freut mich sehr!“

Traulich wandeln diese zwei
Nach der nahen Försterei.

„So, da sind wir, tritt herein;
Meine Frau, die wird sich freu'n!“

„He, zum Teufel, was ist das?
Allez, Waldmann, allez fass!

Oh, tu tu verruchtes Weib,
Jetzt kommt Knarrtje dir zu Leib!"

Knopp's Vermittlung will nicht glücken,
Wums! da liegt er auf dem Rücken.

Schnell verlässt er diesen Ort
Und begibt sich weiter fort.

REKTOR DEBISCH

Knopp begibt sich weiter fort
Bis an einen andern Ort.
Da wohnt einer, den er kannte,
Der sich Rektor Debisch nannte.

Er erteilte seinem Sohn
Eben eine Lektion,

Die er aber unterbricht,
Als er Knopp zu sehen kriegt.

Zu dem Sohne spricht er dann:
„Kuno, sag ich, sieh mich an!
Höre zu und merke auf!
Richte itzo deinen Lauf
Dahin, wo ich dir befehle,
Nämlich in die Kellerhöhle.

Dorten lieget auf dem Stroh
Eine Flasche voll Bordeaux.

Diese Flasche, sag ich dir,
Zieh herfür und bringe mir!“
Kuno eilet froh und prompt,
Dass er in den Keller kommt,
Wo er still und wohlgemut
Etwas von dem Traubenblut

In sich selbst herüberleitet,
Was ihm viel Genuss bereitet.

Die dadurch entstandne Leere
Füllt er an der Regenröhre. –

Rotwein ist für alte Knaben
Eine von den besten Gaben.

Gern erhebet man das Glas.
Aber Knopp, der findet was.

„Ei" – spricht Debisch – „dieses ist,
Sozusagen Taubenmist.

Ei, wie käme dieses dann?
Kuno, sag ich, sieh mich an!!"

Drauf nach diesem strengen Blick
Kommt er auf den Wein zurück.

Aber Knopp verschmäht das Glas,
Denn schon wieder sieht er was.

„Dies" – spricht Debisch – „scheint mir ein
Neugeborner Spatz zu sein.

Ei, wie käme dieses dann?
Kuno, sag ich, sieh mich an!!
Deiner Taten schwarzes Bild
Ist vor meinem Blick enthüllt;
Und nur dieses sage ich:

Pfui, mein Sohn, entferne dich!! –“

Das ist Debisch sein Prinzip:
Oberflächlich ist der Hieb.
Nur des Geistes Kraft allein
Schneidet in die Seele ein.

Knopp vermeidet diesen Ort
Und begibt sich weiter fort.

LÄNDLICHES FEST

Knopp begibt sich weiter fort
Bis an einen andern Ort.
Da wohnt einer, den er kannte,
Der sich Meister Druff benannte.

Druff hat aber diese Regel:
Prügel machen frisch und kregel
Und erweisen sich probat
Ganz besonders vor der Tat.

Auch zum heut'gen Schützenfeste
Scheint ihm dies für Franz das Beste.
Drum hört Knopp von weitem schon
Den bekannten Klageton.

Darnach wandelt man hinaus
Schön geschmückt zum Schützenhaus. –

Gleich verschafft sich hier der Franz
Eines Schweines Kringelschwanz,
Denn er hat es längst beachtet,
Dass der Wirt ein Schwein geschlachtet;

Und an Knoppens Fracke hing
Gleich darauf ein krummes Ding. –

Horch, da tönet Horngebläse
Und man schreitet zur Française.

Keiner hat so hübsch und leicht
Sich wie unser Knopp verbeugt;

Keiner weiß sich so zu wiegen
Und den Tönen anzuschmiegen;

Doch die höchste Eleganz
Zeiget er im Solotanz.
Hoch erfreut ist jedermann,
Dass Herr Knopp so tanzen kann.

Leider ist es schon vorbei.

Und er schreitet stolz und frei
Wiederum zu seinem Tische,

Dass er etwas sich erfrische.

Rums! – Der Franz entfernt die Bank,
Sodass Knopp nach hinten sank! –

Zwar er hat sich aufgerafft,
Aber doch nur mangelhaft.

Und er fühlt mit Angst und Beben:

Knopp, hier hat es Luft gegeben! –

Schnell verlässt er diesen Ort
Und begibt sich weiter fort.

DIE STILLE WIESE

Knopp begibt sich weiter fort
Bis an einen stillen Ort.

Hier auf dieser Blumenwiese,
Denn geeignet scheinet diese,

Kann er sich gemütlich setzen,
Um die Scharte auszuwetzen

Und nach all den Angstgefühlen
Sich ein wenig abzukühlen.

Hier ist alles Fried und Ruh,
Nur ein Häslein schauet zu.

Sieh da kommt der Bauer Jochen.
Knopp hat sich nur leicht verkrochen,

Doch mit Jochen seiner Frau
Nimmt er es schon mehr genau.

Kurz war dieser Aufenthalt.
Und mit Eifer alsobald
Richtet Knopp sein Augenmerk
Auf das angefangne Werk. -
Kaum hat er den Zweck erreicht,
Wird er heftig aufgescheucht,

Und es zeigt sich, ach herrje,
Jetzt sind Damen in der Näh.

Plumps! – Man kommt. - Indes von Knopp
Sieht man nur den Kopf, gottlob! –
Wie erschrak die Gouvernante,
Als sie die Gefahr erkannte,

Ängstlich ruft sie: „Oh mon dieu!
C'est un homme, fermez les yeux!“

Knopp, auf möglichst schnelle Weise,
Schlüpfet in sein Beingehäuse.

Dann verlässt er diesen Ort
Und begibt sich weiter fort.

BABBELMANN

Knopp begibt sich weiter fort
Bis an einen andern Ort.

Da wohnt einer, den er kannte,
Der sich Babbelmann benannte,
Der ihm immer so gefallen
Als der Lustigste von allen.

Schau, da tritt er aus der Tür.

„Na“, ruft Knopp, „jetzt bleib ich hier!“
Worauf Babbelmann entgegnet:

„Werter Freund, sei mir gesegnet!

Erstens in betreff Logis,
Dieses gibt es nicht allhie,
Denn ein Pater hochgelehrt
Ist soeben eingekehrt.

Zweitens dann: für Essen, Trinken
Seh ich keine Hoffnung blinken.
Heute mal wird nur gebetet,
Morgen wird das Fleisch getötet,
Übermorgen beichtet man,
Und dann geht das Pilgern an.

Ferner drittens, teurer Freund, –

Pist! – denn meine Frau erscheint!“

Knopp, dem dieses ungelegen,
Wünscht Vergnügen, Heil und Segen
Und empfiehlt sich alsobald

Äußerst höflich, aber kalt. –

Schnelle flieht er diesen Ort
Und begibt sich weiter fort.

WOHLGEMEINT WIRD ABGELEHNT

Knopp verfügt sich weiter fort
Bis an einen andern Ort.
Da wohnt einer, den er kannte,
Der sich Küster Plünne nannte.

Knopp, der tritt durchs Gartengatter.
Siehe, da ist Hemdgeflatter,
Woraus sich entnehmen lässt:
Plünnens haben Wäschefest.

Dieses findet Knopp bekräftigt
Dadurch, wie der Freund beschäftigt.

Herzlich wird er aufgenommen.
Plünne rufet: „Ei, willkommen!

Gleich besorg ich dir zu essen,
Halte mal das Kind indessen."

Knopp ist dieses etwas peinlich,
Plünne machet alles reinlich.

Knopp, der fühlt sich recht geniert.
Plünne hat derweil serviert.

Jetzt eröffnet er das Bette
Der Familienlagerstätte.

In dem Bette, warm und schön,
Sieht man eine Schale stehn.
Nämlich dieses weiß ein jeder:
Wärmehaltig ist die Feder.
Hat man nun das Mittagessen
Nicht zu knappe zugemessen,
Und, gesetzt den Fall, es wären
Von den Bohnen oder Möhren,
Oder, meinetwegen, Rüben
Ziemlich viel zurückgeblieben,
Dann so ist das Allerbeste,
Dass man diese guten Reste
Aufbewahrt in einem Hafen,
Wo die guten Eltern schlafen,

Weil man, wenn der Abend naht,
Dann sogleich was Warmes hat.

Diese praktische Methode
Ist auch Plünnens ihre Mode.

„So“ – ruft Plünne – „Freund, nanu
Setz dich her und lange zu!“

Knopp hat aber, wie man sieht,
Keinen rechten Appetit.

Schnell verlässt er diesen Ort
Und begibt sich weiter fort.

FREUND MÜCKE

Knopp begibt sich weiter fort
Bis an einen andern Ort.
Da wohnt einer, den er kannte,
Welcher Mücke sich benannte.

Wie es scheint, so lebt Herr Mücke
Mit Frau Mücke sehr im Glücke.

Eben hier, bemerken wir,
Küsst er sie und spricht zu ihr:
„Also Schatz, ade derweil!
Ich und Knopp, wir haben Eil.
Im historischen Verein
Wünscht er eingeführt zu sein."

Bald so öffnet sich vor ihnen
Bei der Kirche der Kathrinen

Im Hotel zum blauen Aal
Ein gemütliches Lokal.

Mücke scheinet da nicht fremd,
Er bestellt, was wohlbekömmt.

Junge Hähnchen, sanft gebraten,
Dazu kann man dringend raten,

Und man darf getrost inzwischen
Etwas Rheinwein druntermischen.

Nötig ist auf alle Fälle,
Dass man dann Mussö bestelle.

Nun erfreut man sich selbdritt,
Denn Kathinka trinket mit!

„So jetzt wären wir so weit,
Knopp, du machst wohl Richtigkeit.“

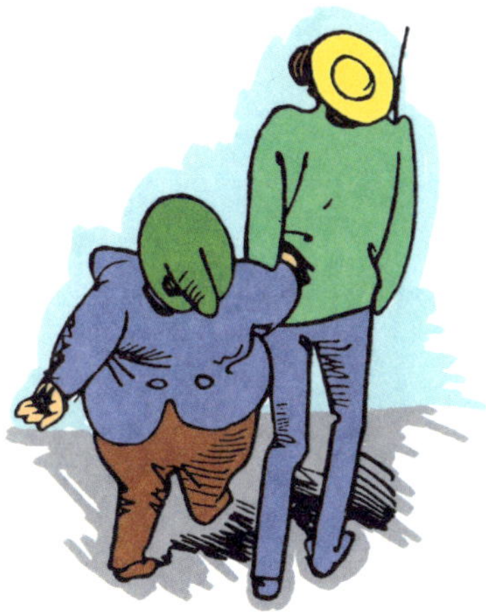

Lustig ist man fortspaziert
Zum Hotel, wo Knopp logiert.

Heftig bollert man am Tor,
Der Portier kommt nicht hervor.

„Komm“, – ruft Mücke – „Knopp, komm hier,
Du logierst die Nacht bei mir!“

Schwierig, aus verschiednen Gründen,
Ist das Schlüsselloch zu finden.

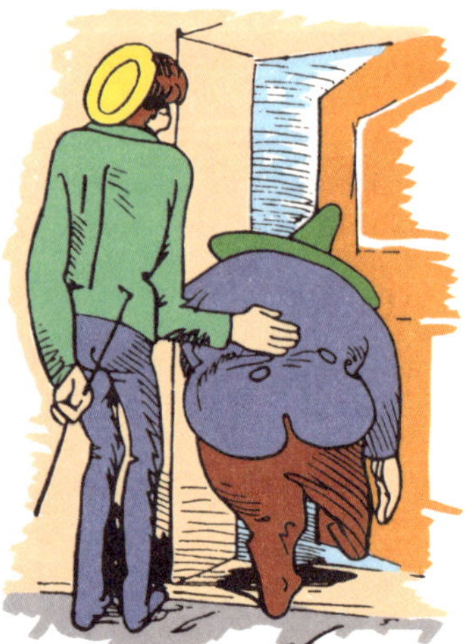

So, so, so! Jetzt nur gemach,
Tritt hinein, ich komme nach.

Knopp schiebt los. Indessen Mücke
Bleibt mit Listigkeit zurücke.

Schrupp! – Wie Knopp hineingekommen,
Wird er an die Wand geklommen.
„Wart!“ ruft Mückens Ehgemahl –
„Warte, Lump, schon wieder mal!?“

Weil sie ihn für Mücken hält,
Hat sie ihm so nachgestellt.

Hei! Wie fühlt sich Knopp erfrischt,
Als der Besen saust und zischt.

Bums! Er fällt in einen Kübel
Angefüllt mit dem, was übel.

Oh, was macht der Besenstiel
Für ein schmerzliches Gefühl!

Und als regellose Masse
Findet Knopp sich auf der Gasse.

Schnell verlässt er diesen Ort
Und begibt sich weiter fort.

EIN FROHES EREIGNIS

Knopp verfügt sich weiter fort
Bis an einen andern Ort.
Da wohnt einer, den er kannte,
Der sich Sauerbrot benannte.

Sauerbrot, der fröhlich lacht,
Hat sich einen Punsch gemacht.

„Heißa!!“ – rufet Sauerbrot –
„Heißa! meine Frau ist tot!!

Hier in diesem Seitenzimmer
Ruhet sie bei Kerzenschimmer.

Heute stört sie uns nicht mehr,
Also, Alter, setz dich her,

Nimm das Glas und stoße an,
Werde niemals Ehemann,
Denn als solcher, kann man sagen,
Muss man viel Verdruss ertragen.

Kauf Romane und Broschüren,
Zahle Flechten und Turnüren,
Seidenkleider, Samtjacketts,
Zirkus- und Konzertbilletts –
Ewig hast du Nöckerei.
Gott sei Dank! Es ist vorbei!!“

Es schwellen die Herzen,
Es blinkt der Stern.
Gehabte Schmerzen,
Die hab ich gern.

Knarr! - da öffnet sich die Tür.

Wehe! Wer tritt da herfür!?
Madam Sauerbrot, die schein-
Tot gewesen, tritt herein.

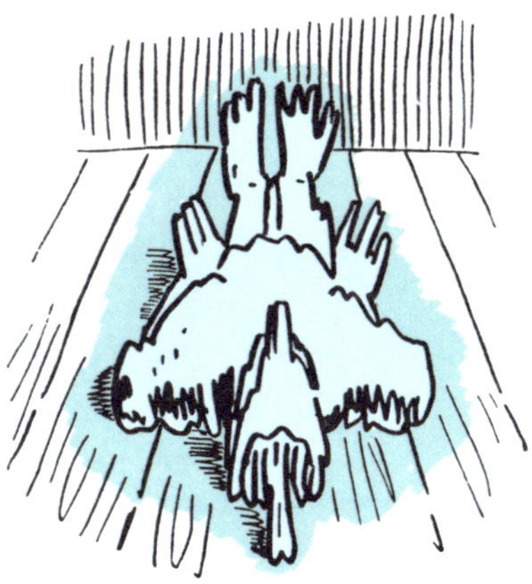

Starr vor Schreck wird Sauerbrot,
Und nun ist er selber tot. -

Knopp vermeidet diesen Ort
Und begibt sich eilig fort.

O WEH!

Knopp verfügt sich weiter fort
Bis an einen andern Ort.
Da wohnt einer, den er kannte,
Welcher Piepo sich benannte.

Aus dem Garten tönt Gelächter,
Piepo ist's und seine Töchter.

„Dies, mein lieber Knopp, ist Hilda,
Dort die ältre heißt Klotilda.
Hilda hat schon einen Freier,
Morgen ist Verlobungsfeier,
Doch Klotilda, ei, ei, ei,
Die ist noch bis dato frei.“ –

Oh, wie ist der Abend milde!
Knopp, der wandelt mit Klotilde,
Die ihm eine Rose pflückt. –
Und er fühlt es tief beglückt:
Knopp, in diesem Augenblick
Da erfüllt sich dein Geschick. –

Drauf hat Piepo ihn geleitet,
Wo sein Lager zubereitet.
„Hier“ – so spricht er – „dieser Saal
Ist für morgen Festlokal.

Hier zur Rechten ist die Klause,
Stillberühmt im ganzen Hause;

Und hier links da schlummerst du.
Wünsche recht vergnügte Ruh!“

Knopp ist durch und durch Gedanke
An Klotilde, jene Schlanke,
Und er drückt in süßem Schmerz
Ihre Rose an sein Herz.

„O Klotilde, du allein
Sollst und musst die Meine sein.“ –
Darauf ist ihm so gewesen:
Knopp, du musst noch etwas lesen. –
Gern erfüllt er sein Verlangen;
Still ist er hinausgegangen

Und bei seiner Kerze Strahl
Hingewandelt durch den Saal. –

Oftmals kann man müde sein,
Setzt sich hin und schlummert ein.
Erst des Morgens so um achte,
Als die Sonne freundlich lachte,
Dachte Knopp an sein Erwachen.
Er erwacht durch frohes Lachen. –
Dieses tut die Mädchenschar,
Welche schon beschäftigt war,

Um an dieses Festes Morgen
Für des Saales Schmuck zu sorgen.

„Ewig kannst du hier nicht sein" –
Denket Knopp voll Seelenpein.

Und so strömt er wohlverdeckt
Da hervor, wo er gesteckt.
Groß ist seines Laufes Schnelle;
Aber ach, die Kammerschwelle
Ist ihm äußerst hinderlich.

Hopsa! – Er entblättert sich. –

Heimlich flieht er diesen Ort
Und begibt sich weiter fort.

ABSCHRECKENDES BEISPIEL

Knopp begibt sich eilig fort
Bis zum höchsten Bergesort.

Hier in öder Felsenritzen
Sieht er einen Klausner sitzen.

Dieser Klausner, alt und greis,
Tritt aus seinem Steingehäus.

Und aus Knoppen seiner Tasche
Hebt er ernst die Wanderflasche.

„Ich" – so spricht er – „heiße Krökel
Und die Welt ist mir zum Ekel.

Alles ist mir einerlei.
Mit Verlaub, ich bin so frei.

O ihr Bürsten, o ihr Kämme,
Taschentücher, Badeschwämme,

Seife und Pomadebüchse,
Strümpfe, Stiefel, Stiefelwichse,
Hemd und Hose, alles gleich,
Krökel, der verachtet euch.

Mir ist alles einerlei.
Mit Verlaub, ich bin so frei.

O ihr Mädchen, o ihr Weiber,
Arme, Beine, Köpfe, Leiber,
Augen mit den Feuerblicken,
Finger, welche zärtlich zwicken

Und was sonst für dummes Zeug –
Krökel, der verachtet euch.

Mir ist alles einerlei.
Mit Verlaub, ich bin so frei.

Nur die eine, himmlisch Reine,
Mit dem goldnen Heilgenscheine,
Ehre, liebe, bet ich an;
Dich, die keiner kriegen kann,

Dich du süße, ei, ja, ja,
Heil'ge Emmerenzia.

Sonst ist alles einerlei.
Mit Verlaub, ich bin so frei.“
Hiermit senkt der Eremit

Sich nach hinten. – Knopp entflieht.
Knopp, der denkt sich: dieser Krökel
Ist ja doch ein rechter Ekel;
Und die Liebe per Distanz,
Kurz gesagt, missfällt mir ganz.

Schnell verlassend diesen Ort
Eilet er nach Hause fort.

HEIMKEHR UND SCHLUSS

Knopp, der eilt nach Hause fort,
Und, sieh da, schon ist er dort.

Grade lüftet seine nette,
Gute Dorothee das Bette.

„Mädchen“ – spricht er - „sag mir, ob –“
Und sie lächelt: „Ja, Herr Knopp!“

Bald so wird es laut verkündet:
Knopp hat ehlich sich verbündet,

Tobias Knopp
Dorothea Lickefett

Erst nur flüchtig und zivil,
Dann mit Andacht und Gefühl. –

Na, nun hat er seine Ruh.
Ratsch! - Man zieht den Vorhang zu.

ERMAHNUNGEN UND WINKE

O wie lieblich, o wie schicklich,
Sozusagen herzerquicklich,
Ist es doch für eine Gegend,
Wenn zwei Leute, die vermögend,
Außerdem mit sich zufrieden,
Aber von Geschlecht verschieden,
Wenn nun diese, sag ich, ihre
Dazu nötigen Papiere,
Sowie auch die Haushaltsachen
Endlich mal in Ordnung machen
Und in Ehren und beizeiten
Hin zum Standesamte schreiten,
Wie es denen, welche lieben,
Vom Gesetze vorgeschrieben;
Dann ruft jeder freudiglich:
„Gott sei Dank, sie haben sich!“

Dass es hierzu aber endlich
Kommen muss, ist selbstverständlich. –
Oder liebt man Pfänderspiele?
So was lässt den Weisen kühle.

Oder schätzt man Tanz und Reigen?
Von Symbolen lasst uns schweigen.
Oder will man unter Rosen
Innig miteinander kosen? –

Dies hat freilich seinen Reiz;
Aber elterlicherseits
Stößt man leicht auf so gewisse
Unbequeme Hindernisse,
Und man hat, um sie zu heben,
Als verlobt sich kundzugeben. –

Das ist allerdings was Schönes;
Dennoch mangelt dies und jenes.
Traulich im Familienkreise
Sitzt man da und flüstert leise,

Drückt die Daumen, küsst und plaudert,
Zehne schlägt's, indes man zaudert,
Mutter strickt und Vater gähnt,
Und, eh man was Böses wähnt,
Heißt es: „Gute Nacht, bis morgen!“

Tief im Paletot verborgen,
Durch die schwarzen, nassen Gassen,
Die fast jeder Mensch verlassen,
Strebt man unmutsvoll nach Hause
In die alte, kalte Klause,
Wühlt ins Bett sich tief und tiefer,
Schnatteratt! so macht der Kiefer,
Und so etwa gegen eine
Kriegt man endlich warme Beine.

Kurz, Verstand sowie Empfindung
Dringt auf ehliche Verbindung. –

Dann wird's aber auch gemütlich.
Täglich, stündlich und minütlich
Darf man nun vereint zu zween
Arm in Arm spazierengehen!
Ja, was irgend schön und lieblich,
Segensreich und landesüblich
Und ein gutes Herz ergetzt,
Prüft, erfährt und hat man jetzt.

HERR UND FRAU KNOPP
(1875)

EHELICHE ERGÖTZLICHKEITEN

Ein schönes Beispiel, dass Obiges wahr,
Bieten Herr und Frau Knopp uns dar.

Hier ruht er mit seiner getreuen Dorette
Vereint auf geräumiger Lagerstätte.

Früh schon erhebt man die Augenlider,
Lächelt sich an und erkennt sich wieder,

Um alsobald mit einem süßen
Langwierigen Kusse sich zu begrüßen.

Knopp aber, wie er gewöhnlich pflegt,
Ist gleich sehr neckisch aufgelegt.

Ganz unvermutet macht er: Kieks!
Hierauf erhebt sich ein lautes Gequieks.
Dorette dagegen weiß auch voll List,
Wo Knopp seine lustige Stelle ist.

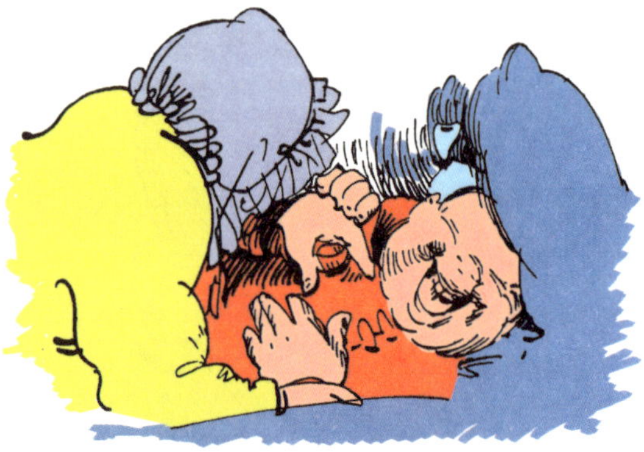

Nämlich er hat sie unten am Hals.
Kiewieks! Jetzt meckert er ebenfalls.

Nun freilich möchte sich Knopp erheben
Und schnell vom Lager hinwegbegeben,

Wird aber an seines Kleides Falten
Spiralenförmig zurückgehalten.
Husch! Er nicht faul, eh man sich's denkt,
Hat sich nach hinten herumgeschwenkt

Und unter die Decke eingebohrt,
Wo man recht fröhlich herumrumort. –

Nach diesen gar schönen Lustbarkeiten
Wird's Zeit, zur Toilette zu schreiten.

Gern wendet Frau Doris anitzo den Blick
Auf Knopp sein Beinbekleidungsstück,
Welches ihr immer besonders gefiel
Durch Ausdruck und wechselndes Mienenspiel.

Bald schaut's so drein mit Grimm und Verdruss,

Bald voller Gram und Bekümmernus.

Bald zeigt dies edle Angesicht
Nur Stolz und kennt keinen Menschen nicht.

Aber bald schwindet der Übermut;

Es zeigt sich von Herzen sanft und gut,
Und endlich nach einer kurzen Zeit
Strahlt es in voller Vergnüglichkeit. –

Dorettens Freude hierüber ist groß.
Knopp aber ist auch nicht freudenlos;

Denn ihm lächelt friedlich und heiter,
Nach unten spitzig, nach oben breiter,
Weißlich blinkend und blendend schön,
Ein hocherfreuliches Phänomen.
Besonders zeigt sich dasselbe beim Sitzen,

In der Mädchensprache nennt man's Blitzen. –
„Madam, es blitzt!" ruft Knopp und lacht.

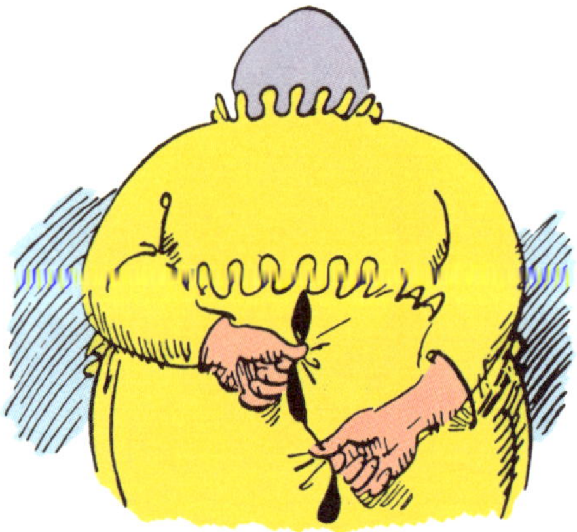

Schlupp! wird die Sache zugemacht.

DER ALTE JUNGE HAT'S GUT

Die Frühstückszeit hat Knopp vor allen,
Weil sehr behaglich, sehr gefallen.

Nachdem die Liese aufgetischt,
Hat Doris ihm den Trank gemischt.

Und außerdem genießt er heute
Noch eine ganz besondre Freude.

Frau Doris schenkt ihm eine Mütze,
Die rings mit Perlen und mit Litze
In Form von einem Kranz der Reben
Gar schön umwunden und umgeben.

Sehr freut ihn dieser Kopfbehälter,
Denn nach Micheli wird es kälter

Und weht schon oft ein herber Hauch,
Und außerdem verziert es auch.

Stolz sitzt er da auf seinem Sitze;
Das Haupt verschönt die Morgenmütze.

Die Pfeife ist ihm Hochgenuss
Und Doris hält den Fidibus.

Schnell flieht der Morgen. – Unterdessen
Bereitet man das Mittagessen. –
Was dies betrifft, so muss man sagen,
Kann Knopp sich wirklich nicht beklagen.
Zum Beispiel könnt er lange suchen
Nach solchen guten Pfannekuchen.
Hierin ist Doris ohne Fehl.

Stets nimmt sie einen Löffel Mehl,
Die nöt'ge Milch, dazu drei Eier,
Ja vier sogar, wenn sie nicht teuer,
Quirlt dies sodann und backt es braun
Mit Sorgfalt und mit Selbstvertraun;

Und jedes Mal spricht Knopp vergnüglich:
„Der Pfannekuchen ist vorzüglich!“

O wie behaglich kann er nun
An Doris' treuem Busen ruhn.
Gern hat er hierbei auf der Glatze
Ein loses, leises Kribbelkratze.
So schläft er mit den Worten ein:
„Wie schön ist's, Herr Gemahl zu sein!“

EIN MISSGRIFF

Der Samstag ist meistens so ein Tag,
Den der Vater nicht leiden mag.
Es wirbelt der Staub, der Besen schwirrt,
Man irrt umher und wird verwirrt.

Hier oben auf der Fensterbank
Steht Liese und macht die Scheiben blank.

Knopp, welcher seine Pfeife vermisst
Und gar nicht weiß, wo sie heute ist,
Schweift sorgenschwer im Haus umher,
Ob sie nicht wo zu finden wär.

Er denkt: „Wo mag die Pfeife sein?“
Und zwickt die Liese ins Bein hinein.

Obgleich dies nur ganz unten geschehen,
Frau Doris hat es nicht gern gesehen.

Sie ruft: „Das bitt ich mir aber aus!
Abscheuliches Mädchen, verlasse das Haus!“

So wären denn Knoppens also mal
Ohne weibliches Dienstpersonal,

Und morgens in früher Dämmerung
Hat Knopp eine schöne Beschäftigung. –

Alsbald so steht es im Wochenblatt,
Dass man Bedienung nötig hat.

Infolgedessen mit sanfter Miene
Erscheint eine Jungfrau namens Kathrine,

Welche hochheilig und teuer versprochen,
Stets fleißig zu putzen, beten, backen und kochen.

Hierin ist sie auch einerseits rühmlich,
Anderseits aber recht eigentümlich!

Erglänzt zum Beispiel am Siruptopfe
Der unvermeidliche zähe Tropfe –

Schluppdiwutsch! – so schafft sie ihn dort
Mit schnellem Schwunge der Zunge fort.

Oder wenn sich beim Backen vielleicht
Irgendwo irgendwie irgendwas zeigt –

Schluppdiwutsch! sie entfernt es gleich
Durch einen doppelten Bogenstreich. –

Obschon dies sehr geschickt geschehen,
Frau Knoppen hat es nicht gern gesehen.
Sie ruft: „Das bitt' ich mir aber aus!
Abscheuliches Mädchen, verlasse das Haus!"

So wären denn Knoppens zum andern Mal
Ohne weibliches Dienstpersonal.

Knopp aber in früher Dämmerung
Hat eine schöne Beschäftigung.

Alsbald so setzt man ins Wochenblatt,
Dass man ein Mädchen nötig hat!
Hierauf erscheint nach kurzer Zeit

Eine Jungfrau mit Namen Adelheid,
Welche hochheilig und teuer versprochen,
Stets fleißig zu putzen, beten, backen und kochen.

Auch kann sie dieses; und augenscheinlich
Ist sie in jeder Beziehung sehr reinlich.

Pünktlich pflegt sie und ohne Säumen
Die ehliche Kammer aufzuräumen.

Recht angenehm ist dann der Kamm,
Pomade und Seife von Madam.

Doch für die Zähne verwendet sie gern
Den Apparat des gnädigen Herrn. –

Obgleich dies zu guten Zwecken geschehen,
Frau Knoppen hat es nicht gern gesehen.
Sie ruft: „Das bitt' ich mir aber aus!
Abscheuliches Mädchen, verlasse das Haus!“

Knopp aber in früher Dämmerung
Hat eine neue Beschäftigung.

KNOPP GEHT MAL AUS

Bekanntlich möchte in dieser Welt
Jeder gern haben, was ihm gefällt.
Gelingt es dann mal dem wirklich Frommen,
An die gute Gabe dranzukommen,
Um die er dringend früh und spat
Aus tiefster Seele so inniglich bat,
Gleich steht er da, seufzt, hustet und spricht:
„Ach Herr, nun ist es ja doch so nicht!“

Auch Knopp ist heute etwas ergrimmt
Und über sein ehliches Glück verstimmt.
Grad gibt es den Abend auch Frikadellen,
Die unbeliebt in den meisten Fällen.

Er lehnt sie ab mit stillem Dank,
Zieht seinen Frack aus dem Kleiderschrank,

Und ohne sich weiter an was zu kehren,
Wandelt er trotzig zum „Goldenen Bären“! –

„Potztausend, also auch mal hier!“
So rufen freudig beim Öffnen der Tür
Der kunstreiche Doktor Pelikan
Und Bello, der Förster und Jägersmann.

Knopp aber redet nicht eben viel;
Hat auch nicht Lust zum Solospiel;

Sondern tief in sich selbst gekehrt,
Hat er sein Schöppchen Bier geleert.

Punkt zehn schließt er die Rechnung ab

Und begibt sich zu Haus in gelindem Trab.

UNFREUNDLICHER EMPFANG

Grollend hat Madam soeben
Sich bereits zur Ruh begeben.

Freundlich naht sich Knopp und bang -

Bäh! – nicht gut ist der Empfang.

Demutsvoll und treu und innig
Spricht er: „Doris, schau, da bin ich!“

Aber heftig stößt dieselbe –
Bubb! – ihn auf sein Leibgewölbe.

Dieses hat ihn sehr verdrossen.
Tief gekränkt, doch fest entschlossen,
Schreitet er mit stolzem Blick

Wieder ins Hotel zurück.
Heißa, jetzt ist Knopp dabei,
Kartenspiel und was es sei.

Elfe, zwölfe schlägt die Glocke;
Man genießt verschiedene Groge,

Dreimal kräht des Hauses Hahn,
Bis der letzte Trunk getan.

HEIMKEHR

Knopp ist etwas schwach im Schenkel,
Drum so führt man ihn am Henkel.

Glücklich hat es sich getroffen,
Dass das Küchenfenster offen.

Man erhebt ihn allgemach
Und dann schiebt man etwas nach.

Düster ist der Küchenraum;

Platsch! Man fällt und sieht es kaum.

Ratsam ist es nachzuspähen,

Wo die Schwefelhölzer stehen.

Kracks! Da stößt das Nasenbein
Auf den offnen Küchenschrein.

Peinlich ist ihm das Gefühl;

Aber er verfolgt sein Ziel.

Oha! – Wieder geht er irr.

Dieses ist das Milchgeschirr.

Dies dagegen ist die volle,

Sanftgeschmeid'ge Butterstolle.

Doch hier hinten in der Ecke
Kommt er jetzt zu seinem Zwecke.

Autsch! – Er schreit mit lautem Schalle
Und sitzt in der Mausefalle.

Jetzo kommt ihm der Gedanke,
Nachzuspüren auf dem Schranke.

Ach! Vom Kopfe bis zum Fuß
Rinnt das gute Zwetschenmus.

Doch zugleich mit dieser Schwärze
Kriegt er Feuerzeug und Kerze.

Freilich muss er häufig streichen,
Ohne etwas zu erreichen.

Aber endlich und zuletzt
Hat er's richtig durchgesetzt.

Jetzt zur Ruh sich zu begeben

Ist sein sehnlichstes Bestreben.

Hier ist nun die Kammertür.
Ach, man schob den Riegel für.

Demnach muss er sich bequemen,
Auf der Schwelle Platz zu nehmen.

So ruht Knopp nach alledem
Fest, doch etwas unbequem.

DONNER UND BLITZ

Hier sitzt Knopp am selbigen Morgen
Gräulich brütend im Stuhl der Sorgen;

Tyrann vom Scheitel bis zur Zeh;
Und heftig tut ihm der Daumen weh.

Ei, schau! Die Liese ist wieder gekommen!
Ist Knopp egal. Man hört ihn brommen.

Reumütig nahet Frau Doris sich.
Knopp zeigt sich als schrecklicher Wüterich.

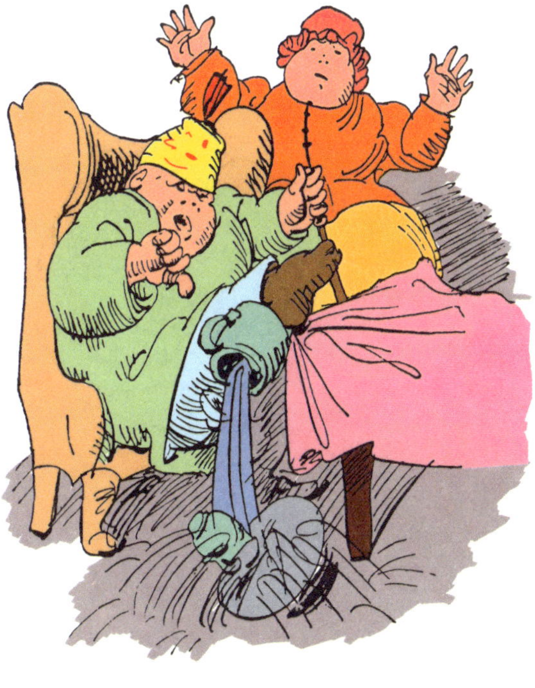

Perdatsch! – Mit einem großen Geklirr
Entfernt er das schöne Porzlangeschirr.

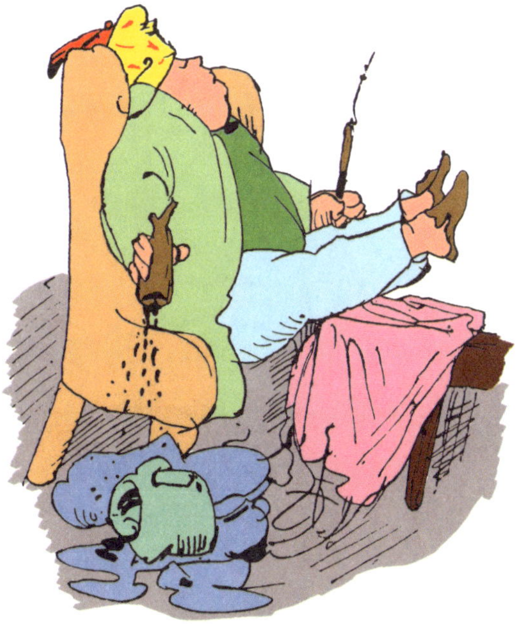

Dann klopft er über den ganzen Graus,
Ohne Rücksicht zu nehmen, die Pfeife aus.

Mit Tränen tritt Frau Doris hervor
Und sagt ihm ein leises Wörtchen ins Ohr.

Dies Wort fährt ihm wie Donner und Blitz
Durch Kopf, Herz, Leib in den Sorgensitz.

Und tief erschüttert und allsogleich
Zeigt er sich milde, gerührt und weich.

ÄNGSTLICHER ÜBERGANG UND FRIEDLICHER SCHLUSS

Wohlbekannt im ganzen Orte,
Mit der Klingel an der Pforte

Ist die Brave, Ehrenwerte,
Ofterprobte, Vielbegehrte,

Welche sich Frau Wehmut schrieb;
Und ein jeder hat sie lieb. –

Mag es regnen oder schneen,
Mag der Wind auch noch so wehen,
Oder wär sie selbst nicht munter,
Denn das kommt ja mal mitunter –

Kaum ertönt an ihrer Klingel
Das bekannte: Pingelpingel!
Gleich so ist Frau Wehmut wach
Und geht ihrer Nahrung nach.

Heute ist sie still erschienen,
Um bei Knoppens zu bedienen.

Auf dem Antlitz Seelenruhe,
An den Füßen milde Schuhe,
Wärmt sie sorglich ihre Hände,
Denn der Sommer ist zu Ende.
Also tritt sie sanft und rein
Leise in die Kammer ein.

Auch den Doktor Pelikan
Sieht man ernst bedächtig nahn,

Und es sagt sein Angesicht:
Wie es kommt, das weiß man nicht. –

Oh, was hat in diesen Stunden

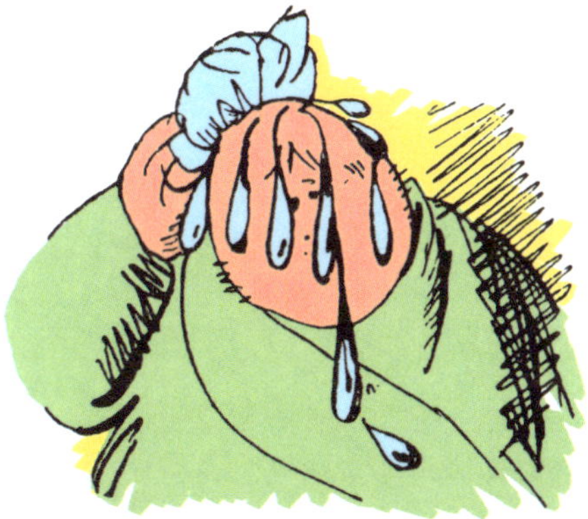

Knopp für Sorgen durchempfunden!

Rauchen ist ihm ganz zuwider.
Seine Pfeife legt er nieder.

Ganz vergebens tief im Pult
Sucht er Tröstung und Geduld.

Oben auf dem hohen Söller,

Unten in dem tiefen Keller –
Wo er sich auch hinverfüge,
Angst verkläret seine Züge.

Ja, er greifet zum Gebet,
Was er sonst nur selten tät. –

Endlich öffnet sich die Türe –
Und es heißt: ich gratuliere!
Friedlich lächelnd, voller Demut,
Wie gewöhnlich, ist Frau Wehmut. –
Stolz ist Doktor Pelikan,
Weil er seine Pflicht getan. –

Aber unser Vater Knopp
Ruft in einem fort: Gottlob!

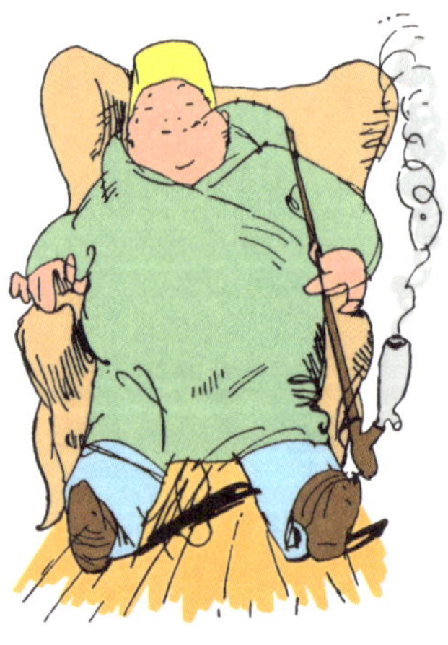

Na, jetzt hat er seine Ruh. –

Ratsch! Man zieht den Vorhang zu.

JULCHEN
(1877)

VORBEMERK

Vater werden ist nicht schwer,
Vater sein dagegen sehr. –

Ersteres wird gern geübt,
Weil es allgemein beliebt.
Selbst der Lasterhafte zeigt,
Dass er gar nicht abgeneigt;
Nur will er mit seinen Sünden
Keinen guten Zweck verbinden,
Sondern, wenn die Kosten kommen,
Fühlet er sich angstbeklommen.
Dieserhalb besonders scheut
Er die fromme Geistlichkeit,
Denn ihm sagt ein stilles Grauen:
Das sind Leute, welche trauen. –
So ein böser Mensch verbleibt
Lieber gänzlich unbeweibt. –

Ohne einen hochgeschätzten
Tugendsamen Vorgesetzten
Irrt er in der Welt umher,
Hat kein reines Hemde mehr,

Wird am Ende krumm und faltig,
Grimmig, gräulich, ungestaltig,
Bis ihn dann bei Nacht und Tag
Gar kein Mädchen leiden mag.
Onkel heißt er günst'gen Falles,
Aber dieses ist auch alles. –

Oh, wie anders ist der Gute!
Er erlegt mit frischem Mute
Die gesetzlichen Gebühren,
Lässt sich redlich kopulieren,
Tut im Stillen hocherfreut
Das, was seine Schuldigkeit,
Steht dann eines Morgens da
Als ein Vater und Papa
Und ist froh aus Herzensgrund,
Dass er dies so gut gekunnt.

JULCHEN ALS WICKELKIND

Also, wie bereits besprochen:
Madame Knoppen ist in Wochen,
Und Frau Wehmut, welche kam
Und das Kind entgegennahm,
Rief und hub es in die Höh:
„Nur ein Mädel, ach herrje!“
(Oh, Frau Wehmut, die ist schlau;
So was weiß sie ganz genau!)
Freilich Knopp, der will sich sträuben,
Das Gesagte gleich zu gläuben;
Doch bald überzeugt er sich,
Lächelt etwas säuerlich

Und mit stillgefassten Zügen
Spricht er: „Na, denn mit Vergnügen!!“

Dieses Kind hat eine Tante,
Die sich Tante Julchen nannte;

Demnach kommt man überein,
Julchen soll sein Name sein.

Julchen, als ein Wickelkind,
Ist so, wie so Kinder sind.

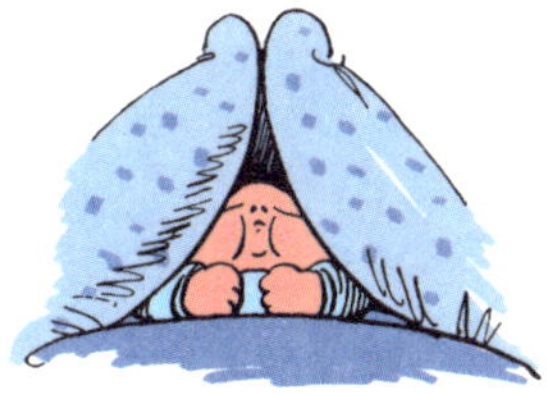

Manchmal schläft es lang und feste,
Tief versteckt in seinem Neste.

Manchmal mit vergnügtem Sinn
Duselt es so für sich hin.
Manchmal aber wird es böse,
Macht ein lautes Wehgetöse

Und gibt keine Ruhe nicht,
Bis es was zu lutschen kriegt. –
Sein Prinzip ist überhaupt:
Was beliebt, ist auch erlaubt;

Denn der Mensch als Kreatur
Hat von Rücksicht keine Spur. –
O ihr, die ihr Eltern seid,
Denkt doch an die Reinlichkeit!

Wahrlich, hier gebührt Frau Knopp
Preis und Ehre, Dank und Lob.
Schon in früher Morgenstund
Öffnet sie den Wickelbund,

Gleichsam wie ein Postpaket,
Worauf Knopp beiseite geht.

Mit Intresse aber sieht
Er, was fernerhin geschieht.

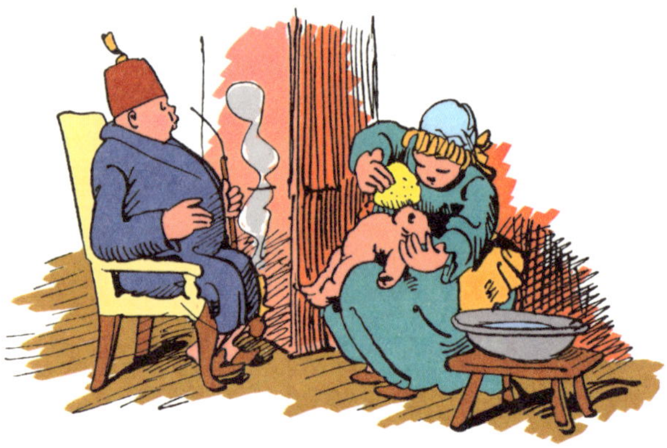

Macht man Julchens Nase reinlich,
So erscheint ihm dieses peinlich.

Wie mit Puder man verfährt,
Dünkt ihm höchst bemerkenswert.

Freudevoll sind alle drei,
Wenn die Säuberung vorbei.

Nun mag Knopp sich gern bequemen,
Julchen auch mal hinzunehmen.

Flötend schöne Melodien,
Schaukelt er es auf den Knieen.

Auf die Backe mit Genuss
Drückt er seinen Vaterkuss.

EINE UNRUHIGE NACHT

Einszweidrei, im Sauseschritt
Läuft die Zeit; wir laufen mit. –

Julchen ist hübsch kugelrund
Und schon ohne Wickelbund. –

Es ist Nacht. – Frau Doris ruht,
Während Knopp das Seine tut.

Aber Julchen in der Wiegen
Will partout nicht stille liegen.

Er bedenkt, dass die Kamille
Manchmal manche Schmerzen stille.

Wirkungslos ist dieser Tee.
Julchen macht: rabäh, rabäh!

Lieber Gott, wo mag's denn fehlen?
Oder sollte sonst was quälen?

O wie gern ist Knopp erbötig
Nachzuhelfen, wo es nötig.

Aber weh, es will nicht glücken,
Und nun klopft er sanft den Rücken. –
Oder will's vielleicht ins Bette,
Wo auf warmer Lagerstätte

Beide Eltern in der Näh?
Nein, es macht: rabäh, rabäh!

Schau! Auf einmal wird es heiter. –
Knopp begibt sich eilig weiter

Und bemerkt nur dieses noch:
„Ei potztausend! Also doch!!"

EIN FESTLICHER MORGEN

Einszweidrei, im Sauseschritt
Läuft die Zeit; wir laufen mit. –

Julchen ist schon sehr verständig
Und bewegt sich eigenhändig. –

Heut ist Feiertag; und siehe!
Schon streicht Knopp in aller Frühe
Luftiglosen Seifenschaum
Auf des Bartes Stachelflaum.
Heut will er zur Messe gehn,
Denn da singt man doch so schön.

Frau Dorette trägt getreu
Frack und Biberhut herbei.

Julchen gibt indessen Acht,
Was der gute Vater macht.

Bald ist seine Backe glatt,
Weil er darin Übung hat.

In die Kammer geht er nun,
Julchen macht sich was zu tun.

Gern ergreifet sie die Feder
An des Vaters Schreibkatheder.

Reizend ist die Kunstfigur
Einer Ticktacktaschenuhr.

Ach herrje! Es geht klabum!
Julchen schwebt; der Stuhl fällt um.

Allerdings kriegt Julchen bloß
Einen kleinen Hinterstoß,

Doch die Uhr wird sehr versehrt
Und die Tinte ausgeleert. –

Schmiegsam, biegsam, mild und mollig
Ist der Strumpf, denn er ist wollig.

Drum wird man ihn gern benutzen,
Um damit was abzuputzen. –

Wohlbesorgt ist dieses nun.
Julchen kann was andres tun.

Keine Messer schneiden besser,
Wie des Bartes Putzemesser.
Wozu nützen, warum sitzen
An dem Frack die langen Spitzen??
Hier ein Schnitt und da ein Schnitt,
Ritscheratsche, weg damit. –

Wohlbesorgt ist dieses nun.
Julchen kann was andres tun. –

In des Vaters Pfeifenkopf
Setzt sich oft ein fester Pfropf,

Ja, was schlimmer, die bewusste
Alte, harte, schwarze Kruste;

Und der Raucher sieht es gerne,
Dass man sie daraus entferne.

Wohlbesorgt ist dieses nun.
Julchen kann was andres tun. –

Stattlich ist der Biberhut;
Manchmal passt er nur nicht gut.

Niemals soll man ihn benützen,
Um bequem darauf zu sitzen.

Seht, da kommt der Vater nun,
Um den Frack sich anzutun.

Schmerzlich sieht er, was geschehn,
Und kann nicht zur Messe gehn.

BÖSE KNABEN

Einszweidrei, im Sauseschritt
Läuft die Zeit; wir laufen mit. –

Unsre dicke, nette Jule
Geht bereits schon in die Schule,

Und mit teilnahmsvollem Sinn
Schaut sie gern nach Knaben hin.

Einer, der ihr nicht gefiel,
Das ist Dietchen Klingebiel.

Ferdinandchen Mickefett
Scheint ihr nicht besonders nett.

Peter Sutitt, frech und dick,
Hat natürlich auch kein Glück.

Försters Fritze, blond und kraus,
Ja, der sieht schon besser aus.

Keiner kann wie er so schön
Grade auf dem Kopfe stehn;

Und das Julchen lacht und spricht:
„So wie Fritze könnt ihr's nicht!“

Kränkend ist ein solches Wort.
Julchen eilt geschwinde fort.

Knubbs! Da stoßen die drei Knaben
Julchen in den feuchten Graben

Und sie fühlen sich entzückt,
Dass der Streich so gut geglückt.

Wartet nur, da kommt der Fritze!
Schwapp, sie liegen in der Pfütze.

Fritz ist brav und sanft und spricht:
"Gutes Julchen, weine nicht!"

Julchens Kleid ist zu beklagen.
Knopp, der muss die Kosten tragen.

VATERSORGEN

Einszweidrei, im Sauseschritt
Läuft die Zeit; wir laufen mit. –

Julchen ist nun wirklich groß,
Pfiffig, fett und tadellos,

Und der Vater ruft: „Was seh' ich?
Die Mamsell ist heiratsfähig!"
Dementsprechend wäre ja
Mancher gute Jüngling da.

Da ist Sutitt; aber der
Praktiziert als Vetrinär.

Da ist Mickefett; doch dieser
Ist Apothekereiproviser.

Da ist Klingebiel; was ist er?
Sonntag Kanter, alltags Küster.

Und dann Fritz, der Forstadjunkt,
Das ist auch kein Anhaltspunkt.
Einfach bloß als Mensch genommen
Wäre dieser höchst willkommen;

Nur muss Knopp sich dann entschließen,
Ganz bedeutend zuzuschießen. –
Kurz gesagt mit wenig Worten,
Ob auch Knopp nach allen Orten
Seine Vaterblicke richte,

Nirgends passt ihm die Geschichte. –

Anderseits, wie das so geht,
Mangelt jede Pietät.
Man ist fürchterlich verliebt,
Ohne dass man Achtung gibt
Oder irgendwie bedenkt,
Ob man alte Leute kränkt.
Selten fragt sich so ein Tor:
Was geht in den Eltern vor?? –
Ja, so ist die Jugend heute! -
Schrecklich sind die jungen Leute
Hinter Knoppens Julchen her,
Und recht sehr gefällt es der. –

Was hat Knopp doch für Verdruss,
Wenn er das bemerken muss! –

Hier zum Beispiel abends spät,
Wie er still nach Hause geht,
Sieht er nicht mit Stirnefalten,
Wie drei männliche Gestalten

Emsig spähend da soeben
Starr vor Julchens Fenster kleben?

Zornig mit dem Wanderstab
Stochert er sie da herab.
Er verursacht großen Schreck,
Doch den Ärger hat er weg.

HERZVERLOCKENDE KÜNSTE

Wohl mit Recht bewundert man
Einen Herrn, der reiten kann. –
Herzgewinnend zeigt sich hier
Sutitt auf dem Satteltier. –

Doch die Wespen in der Mauer
Liegen heimlich auf der Lauer;
Sie sind voller Missvertrauen,
Als sie einen Reiter schauen.

Hopps! Der Rappe springt und schnaubt,
Hebt den Schwanz und senkt das Haupt;

Und am Halse hängt der Reiter. –
Er ist ängstlich, Knopp ist heiter. –

Dahingegen Klingebiel
Hofft vermittelst Saitenspiel
Julchens Seele zu entzücken
Und mit Tönen zu umstricken.
Dazu hat er sich gedichtet,
Aufgesetzt und hergerichtet

Ein gar schönes Schlummerlied,
Horch! er singt es voll Gemüt.

STÄNDCHEN

Der Abend ist so mild und schön.
Was hört man da für ein Getön??
Sei ruhig, Liebchen, das bin ich,
Dein Dieterich,
Dein Dietrich singt so inniglich!!

Nun kramst du wohl bei Lampenschein
Herum in deinem Kämmerlein;
Nun legst du ab der Locken Fülle,
Das Oberkleid, die Unterhülle;
Nun kleidest du die Glieder wieder
In reines Weiß und legst dich nieder.
Oh, wenn dein Busen sanft sich hebt,
So denk, dass dich mein Geist umschwebt.
Und kommt vielleicht ein kleiner Floh
Und krabbelt so –
Sei ruhig, Liebchen, das bin ich,
Dein Dieterich.
Dein Dietrich, der umflattert dich!!

Platsch! – Verstummt ist schnell und bang
Nachtgesang und Lautenklang.

Eilig strömt der Sänger weiter;
Er ist traurig, Knopp ist heiter. –

DIE TANTE AUF BESUCH

Unvermutet, wie zumeist,
Kommt die Tante zugereist.
Herzlich hat man sie geküsst,
Weil sie sehr vermöglich ist.

Unser Julchen, als es sah,
Dass die gute Tante da,

Weiß vor Freude nicht zu bleiben
Und hat allerlei zu schreiben. –

Sutitt hielt vor großem Kummer
Grade einen kleinen Schlummer.
Froh wird er emporgeschnellt,
Als er dies Billett erhält:

„Weißt du, wo die Rose blüht???
Komm zu mir, wenn's keiner sieht!!“

Stolz und schleunig diese Zeilen
Mickefetten mitzuteilen,
Eilt er zur Apotheke hin.

Ach, wie wurde dem zu Sinn;
Plump! so fällt ihm wie ein Stein
Neidgefühl ins Herz hinein.
Aber sagen tut er nichts. –
Scheinbar heitern Angesichts

Mischt er mancherlei Essenzen,

Um's dem Freunde zu kredenzen
Unter Glück- und Segenswunsch;

Und dem Freunde schmeckt der Punsch. –
Hoffnungsvoll, beredt und heiter
Schlürft er arglos immer weiter.

Aber plötzlich wird er eigen,
Fängt sehr peinlich an zu schweigen

Und erhebt sich von dem Sitz.
„Ei“, ruft Mickefett, „potzblitz!
Bleib doch noch ein wenig hier!“

Schnupp! Er ist schon aus der Tür. –
Mickefett voll List und Tücke
Wartet nicht, bis er zurücke,

Sondern schleicht als falscher Freund,
Wo ihm Glück zu winken scheint. –

Seht, da steigt er schon hinein.
Freudig zittert sein Gebein.

Und er küsst die zarte Hand,
Die er da im Dunkeln fand.

Und er hält mit Liebeshast
Eine Nachtgestalt umfasst. –

Mickefett! Das gibt Malheur,
Denn die Tante liebt nicht mehr! –

Ängstlichschnelle, laut und helle
Schwingt sie in der Hand die Schelle.

Schwer bewaffnet kommt man jetzt.
Mickefett ist höchst entsetzt.

Schamverwirrt und voller Schrecken
Will er sich sogleich verstecken.

Aber autsch! Der Säbel ritzt,
Weil er vorne zugespitzt.

Schmerzgefühl bei großer Enge
Wirkt ermüdend auf die Länge.

Bratsch! Mit Rauschen und Geklirr
Leert sich jedes Waschgeschirr.

Man ist sehr verwirrt und feucht.
Mickefett entschwirrt und fleucht.

Schmerzlich an den Stoff der Hose
Heftet sich die Dornenrose.

DAS GARTENHAUS

Liebe – sagt man schön und richtig –
Ist ein Ding, was äußerst wichtig.
Nicht nur zieht man in Betracht,
Was man selber damit macht,
Nein, man ist in solchen Sachen
Auch gespannt, was andre machen. –

Allgemein von Mund zu Munde
Geht die ahnungsvolle Kunde,
Sozusagen ein Gemunkel,
Dass im Garten, wenn es dunkel,
Julchen Knopp mit Försters Fritze
Heimlich wandle oder sitze. –

Diese Sage hat vor allen
Drei Personen sehr missfallen,
Die sich leider ganz entzweit
Durch die Eifersüchtigkeit.

Jeder hat sich vorgenommen:
Ei, da muss ich hinterkommen.

Hier schleicht Sutitt schlau heraus
Zu Herrn Knoppens Gartenhaus,
Wo das Gartenbaugerät
Wohlverwahrt und trocken steht.

Husch! Er schlüpft in das Sallett,
Denn es naht sich Mickefett.

Husch! Der zögert auch nicht viel,
Denn es naht sich Klingebiel.

Husch! Auch der drückt sich hinein,
Denn hier naht im Mondenschein,
Wie wohl zu vermuten war,
Das bewusste Liebespaar.

O wie peinlich muss es sein,
Wenn man so als Feind zu drein
Engbedrückt zusammensitzt
Und vor Zorn im Dunkeln schwitzt! –

Siehste wohl! Da geht es plötzlich
Rumpelpumpel, ganz entsetzlich.

Alles Gartenutensil
Mischt sich in das Kampfgewühl;

Und, rabum! zum Überfluss
Löst sich laut der Flintenschuss.

Husch! Da schlupfen voller Schreck
Fritz und Julchen ins Versteck;
Denn schon zeigt sich in der Ferne
Vater Knopp mit der Laterne.

Knipp, der Hund, kratzt an der Tür.
Knopp, der denkt:“Was hat er hier?“

Starr und staunend bleibt er stehn
Mit dem Ruf: „Was muss ich sehn??“
Dann mit Fassung in den Zügen
Spricht er: „Na, Ihr könnt Euch kriegen!!“

Jetzt kommt Mutter, jetzt kommt Tante,
Beide schon im Nachtgewande.

Oh, das war mal eine schöne
Rührende Familienszene!!! –

ENDE

Feierlich, wie sich's gebührt,
Ward die Trauung ausgeführt. –

Hierbei leitet Klingebiel
Festgesang und Orgelspiel
Unter leisem Tränenregen,
Traurig, doch von Amtes wegen;

Während still im Kabinett
Sutitt und Herr Mickefett
Hinter einer Flasche Wein
Ihren Freundschaftsbund erneun.

Knopp, der hat hienieden nun
Eigentlich nichts mehr zu tun. –
Er hat seinen Zweck erfüllt. –
Runzlich wird sein Lebensbild. –

Mütze, Pfeife, Rock und Hose
Schrumpfen ein und werden lose,
Sodass man bedenklich spricht:
„Hört mal, Knopp gefällt mir nicht!“

In der Wolke sitzt die schwarze
Parze mit der Nasenwarze,
Und sie zwickt und schneidet, schnapp!!
Knopp sein Lebensbändel ab.

Na, jetzt hat er seine Ruh!
Ratsch! Man zieht den Vorhang zu.

Münchener Bilderbogen

Naturgeschichtliches Alphabet
Die Fliege
Der hohle Zahn
Der Hahnenkampf
Die Rache des Elefanten

-1860 - 1862-

NATURGESCHICHTLICHES ALPHABET

für größere Kinder und solche, die es werden wollen

A

Im Ameishaufen wimmelt es,
Der Aff' frisst nie Verschimmeltes.

B

Die Biene ist ein fleißig Tier,
Dem Bären kommt dies g'spaßig für.

C

Die Ceder ist ein hoher Baum,
Oft schmeckt man die Citrone kaum.

D

Das wilde Dromedar man koppelt,
Der Dogge wächst die Nase doppelt.

E

Der Esel ist ein dummes Tier,
Der Elefant kann nichts dafür.

F

Im Süden fern die Feige reift,
Der Falk am Finken sich vergreift.

G

Die Gams im Freien übernachtet,
Martini man die Gänse schlachtet.

H

Der Hopfen wächst an langer Stange,
Der Hofhund macht dem Wandrer bange.

I

Trau ja dem Igel nicht, er sticht,
Der Iltis ist auf Mord erpicht.

J

Johanniswürmchen freut uns sehr,
Der Jaguar weit weniger.

K

Den Kakadu man gern betrachtet,
Das Kalb man ohne weiters schlachtet.

L

Die Lerche in die Lüfte steigt,
Der Löwe brüllt, wenn er nicht schweigt.

M

Die **M**aus tut niemand was zu Leide,
Der **M**ops ist alter Damen Freude.

N

Die **N**achtigall singt wunderschön,
Das **N**ilpferd bleibt zuweilen stehn.

O

Der **O**rang-Utan ist possierlich,
Der **O**chs benimmt sich unmanierlich.

P

Der **P**apagei hat keine Ohren,
Der **P**udel ist meist halb geschoren.

Q

Das **Q**uarz sitzt tief im Berges-Schacht,
Die **Q**uitte stiehlt man bei der Nacht.

R

Der **R**ehbock scheut den Büchsenknall,
Die **R**att' gedeihet überall.

S

Der Steinbock lange Hörner hat,
Auch gibt es Schweine in der Stadt.

T

Die Turteltaube Eier legt,
Der Tapir nachts zu schlafen pflegt.

U

Die Unke schreit im Sumpfe kläglich,
Der Uhu schläft zwölf Stunden täglich.

V

Das Vieh sich auf der Weide tummelt,
Der Vampyr nachts die Luft durchbummelt.

W

Der Walfisch stört des Herings Frieden,
Des Wurmes Länge ist verschieden.

Z

Die Zwiebel ist der Juden Speise,
Das Zebra trifft man stellenweise.

DIE FLIEGE

Dem Herrn Inspektor tut's so gut,
Wenn er nach Tisch ein wenig ruht.

Da kommt die Fliege mit Gebrumm
Und surrt ihm vor dem Ohr herum.

Und aufgeschreckt aus halbem Schlummer,
Schaut er verdrießlich auf den Brummer.

Die böse Fliege! Seht, nun hat se
Sich festgesetzt auf seiner Glatze.

„Wart nur, du unverschämtes Tier!
Anitzo aber komm' ich dir!!“

Behutsam schleicht er nach der Tasse,
Dass er die Fliege da erfasse.

Perdauz! – Darin ist er gewandt –
Er hat sie wirklich in der Hand.

Hier schaut er nun mit großer List,
Wo sie denn eigentlich wohl ist.

Surr! – Da! – Sie ist schon wieder frei.
Ein Bein, das ist ihr einerlei.

Jetzt aber kommt er mit der Klappe,
Dass er sie so vielleicht ertappe.

Und um sie sicher zu bekommen,
Hat er den Sorgenstuhl erklommen.

Rumbums! Da liegt der Stuhl und er.
Die Fliege flattert froh umher.

Da holt er aus mit voller Kraft,
Die Fliege wird dahingerafft.

Und fröhlich sieht er das Insekt
Am Boden leblos ausgestreckt.

Erquicklich ist die Mittagsruh,
Nur kommt man oftmals nicht dazu.

DER HOHLE ZAHN

Oftmalen bringt ein harter Brocken
Des Mahles Freude sehr ins stocken.

So geht's nun auch dem Friedrich Kracke;
Er sitzt ganz krumm und hält die Backe.

Um seine Ruhe ist's getan;
Er biss sich auf den hohlen Zahn.

Nun sagt man zwar: es hilft der Rauch!
Und Friedrich Kracke tut es auch.

Allein schon treiben ihn die Nöten,
Mit Schnaps des Zahnes Nerv zu töten.

Er taucht den Kopf mitsamt dem Übel
In einen kalten Wasserkübel.

Jedoch das Übel will nicht weichen,
Auf andre Art will er's erreichen.

Umsonst! – Er schlägt, vom Schmerz bedrängt,
Die Frau, die einzuheizen denkt.

Auch zieht ein Pflaster hinterm Ohr
Die Schmerzen leider nicht hervor.

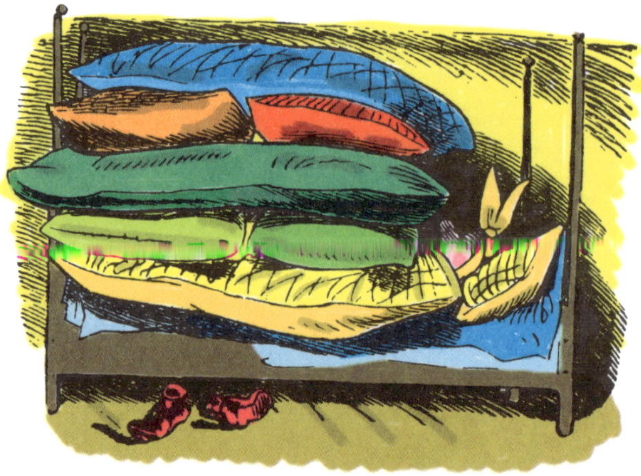

„Vielleicht“ – so denkt er – „wird das Schwitzen
Möglicherweise etwas nützen.“

Indes die Hitze wird zu groß,
Er strampelt sich schon wieder los;

Und zappelnd mit den Beinen,
Hört man ihn bitter weinen.

Jetzt sucht er unterm Bette
Umsonst die Ruhestätte.

Zuletzt fällt ihm der Doktor ein.
Er klopft. – Der Doktor ruft: „Herein!"

„Ei, guten Tag, mein lieber Kracke,
Nehmt Platz! Was ist's denn mit der Backe?

Lasst sehn! Ja, ja! Das glaub' ich wohl!
Der ist ja in der Wurzel hohl!"

Nun geht der Doktor still beiseit.
Der Bauer ist nicht sehr erfreut.

Und lächelnd kehrt der Doktor wieder,
Dem Bauern fährt es durch die Glieder.

Ach, wie erschrak er, als er da
Den wohlbekannten Haken sah!

Der Doktor, ruhig und besonnen,
Hat schon bereits sein Werk begonnen.

Und unbewusst nach oben
Fühlt Kracke sich gehoben.

Und rack – rack! – da haben wir den Zahn,
Der so abscheulich weh getan!

Mit Staunen und voll Heiterkeit
Sieht Kracke sich vom Schmerz befreit.

Der Doktor, würdig, wie er war,
Nimmt in Empfang sein Honorar.

Und Friedrich Kracke setzt sich wieder
Vergnügt zum Abendessen nieder.

DER HAHNENKAMPF

Der Gickerich, ein Gockel fein,
Guckt in den Topf voll Brüh hinein.

Ein zweiter, Gackerich genannt,
Kommt auch sogleich herzugerannt.

Und jeder langt mit Mühe
Im Topfe nach der Brühe.

Der Gicker- und der Gackerich
Betrachten und fixieren sich.

Zum Kampf gerüstet und ganz nah,
So stehn sie Aug' in Auge da.

Sie fangen mit den Tatzen
Entsetzlich an zu kratzen,

Und schlagen sich die Sporen
Um ihre roten Ohren.

Jetzt rupft der Gickerich, o Graus,
Dem Gackerich die schönste Feder aus.

Doch Gackerich, der erst entfloh,
Macht's jetzt dem andern ebenso.

Und zieht den Gickerich noch obendrein
Beim Schopfe in den Topf hinein.

Da kämpfen sie noch ganz erhitzt,
Dass rundherum die Brühe spritzt.

Und keiner hält sich für besiegt,
Obschon der Topf am Boden liegt.

Jetzt kommt der Schnauzel hergerennt
Und macht dem ganzen Streit ein End'.

Sieh da, die Hähne gehn nach Haus
Und sehen ganz erbärmlich aus.

Der Schnauzel frisst den Rest der Brüh',
Den Schaden hat das Federvieh.

DIE RACHE DES ELEFANTEN

Den Elefanten sieht man da
Spazierengehn in Afrika.

Gemütlich geht er zur Oase
Und trinkt vermittelst seiner Nase.

Ein Mohr, aus Bosheit und Pläsier,
Schießt auf das Elefantentier.

Da dreht der Elefant sich um
Und folgt dem Neger mit Gebrumm.

Vergebens rennt der böse Mohr,
Der Elefant fasst ihn beim Ohr.

Er zieht ihn unter Weh und Ach
Zu einem nahen Wasserbach.

Da taucht er ihn ganz munter
Mit seinem Rüssel unter.

Den Mohren hätte unterdessen
Beinah das Krokodil gefressen.

Nun aber spritzt den Negersmann
Der Elefant mit Wasser an.

Er hebt ihn bei den Hosen auf
Und trägt ihn fort in schnellem Lauf.

Und wirft ihn in ein Kaktuskraut;
Der Kaktus sticht, der Mohr schreit laut.

Der Elefant geht still nach Haus,
Der Mohr sieht wie ein Kaktus aus.

Schlusschor

Was mit dieser Welt gemeint,
Scheint mir keine Frage.
Alle sind wir hier vereint
Froh beim Festgelage.

Setzt Euch her und schaut Euch um,
Voll sind alle Tische;
Keiner ist von uns so dumm,
Dass er nichts erwische.

Jeder schau der Nachbarin
In die Augensterne,
Dass er den geheimen Sinn
Dieses Lebens lerne.

Stoßet an! Die Wonnekraft
Möge selig walten,
Bis die Zeit uns fortgerafft
Zu dem Chor der Alten:

Bis in süßem Unverstand
Unsre Lippen lallen,
Bis das Auge und die Hand,
Bis wir selber fallen -

Dann so tragt mich nur beiseit
In die dunkle Kammer,
Auszuruhn in Ewigkeit
Ohne Katzenjammer.